始まりは
ミステイク

CROSS NOVELS

火崎　勇

NOVEL: Yuu Hizaki

かんべあきら

ILLUST: Akira Kanbe

CROSS NOVELS

CONTENTS

CROSS NOVELS

CONTENTS

始まりは
ミステイク

CROSS NOVELS

窓の外に広がる摩天楼。

上から見ると、小さなブロックを寄せ集めたような街、ニューヨーク。

日本《にほん》のオフィス街と違うのは、そのブロックの背が恐ろしく高いことと、向かいのビルに素敵なガーゴイルが座ってたり、遠くには顔天使が飾ってあったりするところ。

振り向けば、広々としたオフィスはパーテーションで三つのブースに仕切られ、その一つが麻《あさ》川界人《かわかいと》、つまり自分のスペースとなっている。

ここで自分はアメリカ屈指のインテリアデザイン事務所、W&Sカンパニーの一員として働いてきた。

けれど今は元からあったデスクやパソコンだけが残されて、すっかり無味乾燥な空間だ。

今日で、俺はこのオフィスとお別れだから。

「麻川」

呼ばれて顔を上げると、同僚の菅原《すがはら》がコーヒーを手に近づき、紙コップの一つを差し出す。

「綺麗に片付いたな」

「まあね。もう今日で最後だから。これで片付け終わってなかったら、飛行機乗れないよ」

この菅原とも随分長い間一緒に働いた。

アメリカ人に体格負けしないドイツ系ハーフの菅原と違って、日本人としても小柄な俺は、色んな意味で彼に助けられたものだ。

「日本に着いたら、すぐに結婚式か」

「よせよ、その言い方だとまるで俺が結婚するみたいじゃないか」

この国でそれなりにキャリアを積んできた俺が、W&Sカンパニー日本支社の新規立ち上げに伴って帰国することになった時、まずは長いこと一人暮らしをさせていた母親に電話を入れた。

これからは母さんと二人で暮らせるようになると思う、って言うために。

だが母から返ってきたのは期待していた喜びとは違う言葉だった。

『結婚するのよ』

まるで引っ越しをするかのように簡単に口にされた一言。

いや、実際結婚すれば引っ越しもするのだけれど…。

「お母さんの相手ってどんな人？」

「勤め先のお客様で、大きな会社の社長さんだって。国木田《くにきだ》さんって言うんだ」

「オフクロさんの会社って確か植木のリースだっけ？」

「観葉植物って言ってくれよ。そう、サボテン納めてる間に親しくなったんだってさ。前に日本に戻った時一度会ったことは会ったんだけど」

一昨年のお盆の時のことだ。

「その時わざわざ引き合わされてアヤシイと思わなかったのか？」

「思わなかった。社長さんだから、お前も仕事を回してもらったらどうだって言うからさ、てっきり俺の仕事斡旋《あっせん》のために引き合わせてくれたのかと」

「それが手だったんだな。意識させず顔だけ合わせようっていう。なかなかやるじゃん」

「『手だった』とか言うな。計算ずくみたいに」

俺が嵌《は》められたみたいな言い方にちょっとムッとする。

俺としては、あの時はまだそんな付き合いではなかったと思いたいのだ。相談もなければ素振りもなかったのだから。

「そうじゃないって。心遣いって意味だよ」

こちらの不機嫌さが伝わったのか、菅原が慌てて言い添える。

まあその言い方ならよしとしよう。

「女手一つで俺を育ててくれた人だからね、幸せにはなってもらいたいんだ」

「自分はキャリアウーマンで、一人息子に依存せず海外留学させてくれた上、アメリカで仕事までさせてくれるなんて、スーパーレディじゃん。頭上がらないな」

「その通り。だから何としてでも結婚式には出てあげないと」

「今日の夜の便だろ？」

「そう。取り敢《あ》えず真っすぐ実家に戻って、一度食事会して、それからどこに住むかも決めないと」

「マンション借りるんじゃないのか？　日本支社で用意してるって言ってたのに」

「一人暮らしの方が楽は楽なんだけど、あちらさんが暫《しばら》く一緒に住もうって言い出すかもしれないだろう?」

「やめとけって。俺の伯母さんも再婚したんだけど、母親が女やってんの見るのはしんどいって従兄弟《いとこ》が言ってたぞ」

「う…、それはそうかも。でも、とにかくハッキリとした答えは母親と会ってから決めるよ。住所がハッキリしたら連絡するから、荷物送ってくれよ?」

「いいとも。その代わり日本の物、送ってくれよ。ジョニーが好きなんだ」

その名前が出ると、俺は苦笑いを浮かべてしまった。

「ああ、彼氏。日本びいきなんだろ?」

そう。

菅原はとてもいいヤツなのだが、生粋のゲイだった。

今同居しているという恋人とはもう一年続いている。俺も何度か一緒にディナーをしたこともあるが、優しい、いい人だ。

ゲイを差別してはいない。けれど、その話題が出るとどんな顔をしていいかわからなくなってしまうのも事実だ。

真面目《まじめ》な顔をすれば避けてるみたいだし、笑ってるとバカにしてると取られるのじゃないかと。

「着物とか、日本手拭《てぬぐ》いとか、千代紙とか。ジョニーはエセマニアじゃないから吟味してくれよ？」

　でもさすがにゲイ歴（？）の長い菅原はそういう雰囲気をさらりと流すことに長《た》けていて、この頃やっと慣れてきたところだ。

「引っ越しと仕事が落ち着いてから、な。請求書は回すぞ」

「いいよ」

「さて、そろそろ俺は行かないと。まだやらなきゃならないことが少し残って…」

手の中のコーヒーを飲み干し、腰を上げようとした時、ノックの音がしてカレンが顔を出した。

「カイト、カール。まだいる？」

「今出るところだよ。何？」

「ボスがお呼びよ。クライシス社に納品予定のデスクがまだ出来上がってないって」

「デスク？　納品は今日だろ？」

「工房はそんな話聞いてないって」

彼女の言葉を受けて、俺と菅原は顔を見合わせた。

「出発、何時だって？」

「夜の八時」

「どうやらギリギリまで働いてもらわないとダメみたいだな」

「俺、まだ置いてく車の受け渡しとかしてないんだぞ？」

「仕事優先だろ」

菅原の手が紙コップを取り上げ、自分の分と一緒にカレンに渡した。

「片付けといて」

とっくの昔に出来上がって納品されるべき品物が工房を出ていない。それは大きなミスだ。

そんなこと、今まで一度もなかったのに。

思えば、これがケチのつき始めだったのかもしれない。

その後に起こる出来事、全ての…。


本当なら、結婚式の四日前には東京《とうきょう》に着くはずだった。

到着した当日はホテルをとってゆっくり休み、三日前には実家に戻って母親と詳しい話をし、二日前には相手の国木田さんと、その息子さんとの食事会。前日には新しく立ち上げる日本支社に顔を出して、式の当日は母親と一緒に家を出て式場へ。

そんな予定を立てていた。

だが予定というヤツはいつも未定、決定ではない。

アメリカを発《た》つ寸前に飛び込んできたトラブルは、俺の予定を全部なぎ倒してしまった。

連絡を受けてすぐに確認を取った大口のホテルへの納品予定だったソファやテーブルは、まだ四分の一が未完成で、オープン当日までに何とか出来上がるかどうかという状態。

担当デザイナーが丁度同じ時期に突っ込んでいた別のインテリアの出来上がり状態を確かめるために電話を入れ、そちらの納期を口にしたのがミスの原因。

工房の人間は、全ての品物がその日にあればいいと勘違いしたのだ。

出来てません、はいそうですか、で済む問題ではない。

オープンまでに全てが揃《そろ》わなければ違約金どころか会社の信用にもかかわる。

かと言ってウチの工房では逆立ちしたって出来上がりそうもない。

俺と菅原は必死になって下請けの工房を探し回った。

カーフレザーの扱いに長けていて、デザインの意図を理解してくれる、そんな職人のいる工房を。

多少高くついたって構わない。誰の責任かなんて追及も後回し。

とにかく守るべきは納期だ。

リタイアしたトップクラスの職人がやってる小さなファクトリーを見つけだして交渉を終えたのが、当初の俺の出発日の二日後。

そこで出られればまだ前日には日本へ向かえたのだが、頭のカタイ職人は担当者が全員顔を見せないと引き受けないと言い、そのためにわざわざもう一日出発を延ばすこととなった。

飛行機の中で寝ればいいやと、働くこと二十四時間。

やっと機上の人となった時には、もう結婚式のことは諦《あきら》めていた。

親不孝と言われても仕方がない。

だが男にとって優先すべきは母の結婚式より仕事なのだ。

そして職業人である母親はそれを理解してくれた。

『とにかく、成田《なりた》に着いたら真っすぐ式場にいらっしゃい。母さん達、披露宴の後にはそのまま新婚旅行に行っちゃうから』

「新婚旅行？　行くの？」

『行くわよ。国木田さん、忙しい人だからそんなに休み取れないし、今回がチャンスなの』

「何の？」

『二人で海外旅行に行く、よ。とにかく、チラッとでもいいから顔出ししなさい、これはお願いじゃなくて命令だからね』

国木田さんも、よくあんな気の強い女を選んでくれたものだ。

父親が亡くなってから二十年も一線で働いた女としては当然かもしれないが、バイタリティーというか、根性というか、こんなに大きく育ってもまだ負けてしまう。

なので、俺はヨレヨレになって飛行機に乗り、機内で足りない睡眠を補った後、大きな荷物を抱えたまま、真っすぐ都内の結婚式場へ向かった。

時計の針はもう式への参列が間に合わないことを示している。

それでも何とか、披露宴の方へはギリギリセーフとなりそうだ。

披露宴のホテルへ到着すると、まず部屋を取り、取り敢えずはシワの入ったスーツを着替える。

ホテルマンに尋ねて会場へ向かうと、受付には相手の会社の人らしい若い男性と見知った母の友人が座っていた。

「あら」

彼女は何故か俺の顔を見ると少し驚いた顔をした。

「どうも、遅れまして。佐々木《ささき》さん、お久しぶりですね」

こういう時、息子も記帳するのだろうか？

悩んで筆ペンに手を伸ばす。

だが佐々木さんはその手を取ると、いきなり俺を受付のテーブルから離れた方へ引っ張っていった。

「何です？」

戸惑う俺に、彼女は口元に指を当て、シーッとやる。

「何かトラブルでも？」

母と同じ職場で働く、母と同じようにテキパキした女性の、らしからぬ態度にちょっと不安をかき立てられ、声をひそめて問いかける。

「界人くん、間に合わないかと思ってたわ」

「はあ、ギリギリだったんですけど、何とか頑張って来ました」

「困ったわねぇ…」

「困る？　間に合ったのに？」

「間に合ってないわよ」

ジロッと睨《にら》みつける視線。

どうしてこう母親世代の女性はおっかないのだろう。

「あの…」

「あちらさん、ちゃんとしたお家の方でしょう？　だから息子が母親の式に参列しないなんて、反対してるんじゃないかと思われるじゃないの」

「…すいません」

「それで、ちょっと芝居しちゃったのよ」

「芝居？」

「まあいいわ。ちょっとここで待ってて。人目についちゃダメよ」

「人目につくなって…？」

そんな、まるで間男みたいな言われ方。

「いいから。誰かに会っても、名前も言っちゃダメだからね」

佐々木さんはそれだけ言い置くと、素敵な紫のドレスワンピースの裾《すそ》を翻して会場の中へ消えてしまった。

何があったんだろう。

今だってギリギリの時間なのに。

こんなところで時間を潰《つぶ》していいものなんだろうか？

大きなホテルの、絨毯《じゅうたん》が全ての音を吸い取るような広い廊下。

高い天井ときらめく照明。

その端っこでたった一人立ち尽くす俺は、さぞやアヤシイ人だろう。

それが証拠に受付に残された若い男は、何度もこっちをチラチラと窺《うかが》った。

「参ったな…」

早く入らないといけないんだけどなぁ。

何げないフリを装い、受付に背を向け、うろうろと歩き回る。いや、歩き回る方がアヤシイかと思い直して足を止めた時、背後から肩を摑《つか》まれた。

「界人」

小さく囁《ささや》くような声。

だがそれは佐々木さんのものではなく、男のそれだった。

「勝紀《まさのり》」

そこに立っていたのは、一つ上の従兄弟、勝紀だ。

「お前、タイミング悪いなぁ」

いきなりそう言うと、彼は一緒にいた佐々木さんに、後は俺が説明しますからと言って、更に俺を遠い場所へと連れ込んだ。

「何？　どうしたんだよ」

「今日はもう間に合わないかと思ってたんだ」

「だから、今ギリギリで…」

「ギリギリでも到着するってわかってたら、こんなことしなかったんだけど」

「だから、俺にわかるように説明してくれよ。佐々木さんも、勝紀も、せっかく駆けつけた俺を責めるばっかりじゃないか。母さんに何かあったのか？」

問い詰めると、彼はようやく事態を説明してくれた。

「披露宴の前にお式があるってのはわかってるな？」

「ホテルの上のチャペルでやったんだろう？」

「そう。あちらさんは大層な家で、親戚《しんせき》ゾロリだったんだ。しかも、年寄りばっかり」

「それで？」

「その席に息子が来てないのはどういうことだって話が出て…」

「怒られた？」

「怒られる前に、佐々木さんとウチのオフクロが手を打った」

勝紀の母親というのは、母親の妹のこと。もちろん式には出席しているはずだ。

「年格好が似てる俺を、お前だって言って紹介したんだよ」

「ハア？」

勝紀は気まずそうに頭をボリボリと掻《か》いた。

確かに、俺と勝紀は年も一つしか違わないし、母親が姉妹ということもあって顔立ちも似ている。けれど双子というほどソックリなわけじゃないのに。

「あちらの親族は、どうせ今日会ったら暫く顔を合わせることはないだろうし、式の間じっとこっちを見てるような人間もいなかったし、多分大丈夫だろう」

「大丈夫だろうって…、もし会って別人だって言われたらどうすんの？」

「それはあれだ、アメリカから直行で帰ってきて疲れてたんですってことで…」

「でも、国木田さんは？　相手の方には会ったことあるんだよ？」

「ばかだな、結婚式当日の花婿が周囲に気が回るわけないだろう。落ち着いていて優しそうな人だったけど、式の最中は緊張しまくってたぜ。叔母さんの方が肝が据わってんじゃねぇの？」

それはそうかも。

う…。

「問題は息子さんだけど、ちょっと怖そうな感じだったんで、事情を説明するのもどうかと思ってさ。挨拶《あいさつ》した後、あんまり近寄らないようにしてたんだ」

「機嫌、損ねた…？」

「かもな。これからは兄弟になるんだし、後で時間とってしっかり説明しとけよ？」

と言っても、俺はその息子さんとは会ったこともないのに…。

「参ったな…」

「参ったはこっちだ」

「あ、ごめん」

そうだ。

自分のことだけしか考えてなかったが、勝紀にしてみてもいい迷惑だったろう。

日本はアメリカに比べれば、まだまだ血族社会。

息子として、見たこともない親族達に酒の酌をしたり、挨拶で頭を下げまくらなければならなかっただろうから。

「…悪かった。感謝してます。この埋め合わせは後でするよ」

反省して頭を下げると、彼はやっと笑みを浮かべて少し偉そうに胸を張った。

「当たり前だ。主演男優としては一杯奢《おご》ってもらわなきゃな」

「はい、はい。何時《いつ》でもおおせのままに。…でも、そうなると俺は中に入れないってこと？」

既に『麻川界人』は中にいるのだ。

この上もう一人現れるなんてややこしいことはできないだろう。

「仕方ない。上のラウンジで待ってな、俺が叔母さんにどうするか聞いてくるから」

「母さんはもちろんこのことは…」

「知ってるよ。当たり前だろ。笑ってたけどな」

あの人らしい。

「わかった。じゃ、上で待ってるよ。正直、ここで突っ立ってるのはいたたまれないと思ってたところだったから」

「ん、じゃあ」

勝紀の背中を見送って、タメ息一つ。

新しい家族とのスタートの日だっていうのに、いきなり日陰の身になってしまった。

俺は踵《きびす》を返すと、エレベーターへと向かった。

勝紀だって、演技者というわけじゃない。

そのおっかない息子さんと親しく言葉を交わすことなんかできなかっただろう。愛想のない新しい兄弟に対して、相手は不快に思ったかもしれない。

その人に、後で事情を説明しなければならないなんて…。

しかも、その時には母親も、優しそうだった国木田さんも旅行中ってことになるだろうから、俺は一人でその息子に対峙《たいじ》しなきゃならないのだ。

「しまった…、俺より年が上かどうかも聞いてなかった…」

暫く待たされた後にやってきたエレベーターに乗り、ロビーのある二階のボタンを押す。

扉がゆっくりと閉まりかけた時、こちらに向かって速足で歩いてくる男の姿が見えたので、『開』のボタンを押して待っていてやると、長身のハンサムな男がするりと飛び込んできた。

「ありがとう」

礼を言って微笑む顔は悠然として風格がある。

「ホテルのエレベーターはなかなか来ないですからね」

目が合うと、彼は何故かとても驚いたような顔をした。

そしてそのままじっとこちらを見つめている。

「…二階でよろしいですか？」

俺がパネルの前に立っているから、ボタンに手が伸ばせないことを咎《とが》めているのかと聞くと、彼ははっとしたようにまた笑顔を浮かべた。

「ああ、失礼。二階で結構」

見覚えはないけれど、どこかで会ったことがある人だろうか？

そんなはずはないか。こんなハンサムなら忘れるはずもないものな。

反対側のホールでも何かの集まりをやっていて受付が出ていたから、そちらの参列者なのかもしれない。そっちに似た人がいたのかも。

扉が閉まると、気まずいほどの沈黙の時間が訪れる。

あまりにも静かだから、背後からさっきのようにじっと見られているような気がして緊張した。

もちろんそんなことはないだろう。エレベーターが二階に着いて扉が開くと、その人は何も言わず先に降りてしまったから。

一度だけ振り向き、軽く会釈してはくれた。その強い眼差《まなざ》しにしっかりと見つめられると、一瞬でもドキッとするほどだった。

けれど、それだけだ。彼は視線を自分の時計に移すと、そのまま真っすぐ歩いていってしまった。

日本人の男性は背が高いと猫背になる人が多いのだが、その後ろ姿は背筋の伸びた、綺麗な歩き方だった。

モデルのよう、と言ったら言いすぎかもしれないが、ちょっと見惚《みほ》れてしまうような人だったな。

だが今は他人を観賞している暇などない。

俺はそのままラウンジに入ると、コーヒーを頼んでソファのような椅子に腰を下ろした。

このまま披露宴に参加せず、ここに一人で座ってなければならないのだろうか？　それとも、今更あちらの親族に事実を告げるべきだろうか。

ゆっくり悩もうと思っていると、すぐに勝紀が現れ、こちらに気づき歩み寄ってきた。

「早かったな」

「ああ、叔母さんに言ってきたよ」

彼はそのまま俺の正面に座った。

「何だって?」

「笑ってた。タイミングの悪い息子だってさ」

ごもっとも…。

いっそもうちょっと遅ければこの気まずさは感じなかったろうし、早ければ問題はなかったのだから。その中間っていうのが微妙なんだよな。

「それで? 俺はどこで何をすればいいって?」

「取り敢えず、相手の人には叔母さんの方から事情を話してあるから、今日のところは俺の席に座っててもいいってさ。俺は顔を覚えられても困るから、このまま車に戻ってるさ」

「最後までいないのか?」

「言っちゃ悪いが、居心地のいい場所じゃないからな。俺としてもその方がいい。界人は、披露宴が終わったら控室の方へ来いって」

「控室、どこ?」

「十八階。『麻川家控室』って貼《は》り紙が出てるからすぐにわかるよ。お前が来るまで、叔母さんそこで待ってるってさ」

「わかった」

話してる間にコーヒーが届く。

だが勝紀は俺の前に置かれたそのカップを自分の方へ引き寄せた。

「こいつは俺が飲むから、界人はもう行っていいぜ。後は上手くやれよ」

「…降りてくる必要、なかったじゃないか」

「何言ってる。上でこんな話できないだろ。いいから行ってこい。早くしないと披露宴ももう終わりそうだったぞ」

「はい、はい」

やれやれ、今日は忙しい日だ。

「叔母さんのこと、褒めてやれよ。とっても綺麗だから」

「いい年したオバサンなのに?」

「それでも、さ。女性なんだから、一生に一度の晴れ舞台…、いや、二度目の晴れ舞台をいい気分で終わらせてやれ」

他人に褒められるのは嬉しいことだろうが、息子に褒められてもあまり嬉しくないんじゃないだろうか。

けれど今は勝紀に逆らうことはしないでおこう。彼には大きな借りがあるのだから。

「それじゃ、甥《おい》っ子として褒めてくるよ。息子さんはどうぞごゆっくり」

伝票を持って立ち上がる。

「記帳、俺の名前書ぃといてくれ。あと、引き出物も貰《もら》っておいてくれよ」

勝紀はテーブルに灰皿があるのを確認し、タバコを取り出す。

「わかった」

従兄弟と別れ再び会場へ戻りながら、俺は少しだけ暗い気分だった。

母親の新しい門出を祝うつもりだったのに、全て台なしだ。

義父《ちち》になった国木田さんとの最初の挨拶がお詫《わ》びとは。相手もきっと呆《あき》れるだろう、ニセ者をしたてるなんて、と。

俺が仕組んだわけじゃないけど…。

きっと母親には開口一番こう言われるだろうな、『ばかな子ねぇ』と。でもまあ、そうしたら、少しは気が楽になるかもしれない。

それを期待して、俺はエレベーターに乗り込んだ。

自分は勝紀になるのだ、と言い聞かせて。


戻った披露宴の席では、司会が最後の挨拶を行っていた。

ビール一杯も飲めず閉宴の拍手をし、慌てて言われた控室へ取って返す。

慌ただしいことこの上ない狂想曲だが、そこで待っていたドレス姿の母親は、想像していた通り笑いながら『ばかが来たわ』と俺を迎えた。

「相手の息子さんも仕事で先に帰ったから、母さん達が旅行から帰ってきたらゆっくり話をするといいわよ」

と言うのは慰めのセリフのつもりか。

でも時間を置いて謝罪する方が余計気まずいと思うのだが…。

「大体お前は要領が悪くて…」

と久々の小言が始まったので、勝紀のアドバイスに従い彼女のドレスアップの美しさを褒め称《たた》えてみると、母さんは女の顔で少しだけ照れて小言を止めた。

「派手じゃない？」

と、しきりに出来上がりを気にする様子は、お世辞抜きで可愛かった。

「似合うよ。馬子《まご》にも衣装」

憎まれ口であっても、まんざらではないようで、立ったり座ったり回ったりして俺にその姿を堪能《たんのう》させてくれた。

本当だ、女ってのは幾つになってもそういうことで喜ぶんだと、勝紀の女性に対する考察の深さに頭が下がる。

それから、母親が着替えるのを待って二人で国木田さんの控室へ行き、事の顚末《てんまつ》を説明した。

普通は式が終わると控室もすぐに使用不可になるんだろうに、彼はきちんと片付けられたその部屋で、優雅にサービスの茶を飲んでいた。

「遅れてごめんなさい、ウチのばか息子が変なことやらかしたものだから」

俺は計画に参加していないというのに、母はすっかり首謀者が俺であるかのように口火を切った。

追加で頼まれた紅茶を貰い、小さなテーブルを囲む微妙な空気の新家族。

国木田さんは鷹揚《おうよう》に俺達の説明を聞くと、まず入れ替わったことに気づかなかったことを俺に詫びてくれた。

本気で謝罪しているわけではないだろう。

俺と国木田さんとは一度しか会っていないのだから。

けれどそう言うことで、俺の気持ちを軽くしてくれたのだ。

母は、いい人を見つけた。

金持ちとかそういう問題じゃなく、本当にいい『人』を選んだのだとその時に思った。

「母を、お願いしますね」

素直にその言葉が言えたのは、国木田さんだからだ。

「俺はもう独り立ちした男ですし、大学の時からアメリカ暮らしで、母には寂しい思いをさせたと思います。だからこれからは、国木田さんに全てお任せします」

国木田さんはそれを聞くと、ほんとうに嬉しそうにしてくれた。

「住まいはどうするのかね？　光子《みつこ》さんの住んでたところに？」

光子さんか…。母を名前で呼ぶ男性というのも不思議な感覚だ。

「いいえ、母の住んでた一軒家じゃ、勝手が悪いので、会社の用意してくれたマンションの方へ」

母にとっては父との思い出のある家かもしれないが、男一人で暮らすには古すぎるし広すぎる。

加えて電力のアンペアも低すぎる。

「そうか。もしもだが、界人くんに私の会社に入ってほしいと願い出たらどうするかね？」

その時だけ、国木田さんは社長の顔をした。

きりっとして、笑うとできていたシワが消えて。

「残念ながら、お断りします。私…、いいえ、もう家族だからあえて俺と言わせてもらいますが、俺は自分の仕事に誇りがありますので」

「跡継ぎになれるかもしれないよ？」

「なりませんよ。俺の将来の夢はインテリアの店を開くことで、それまでは今の会社でバリバリ働くつもりですから」

別にカッコイイことを言ってるつもりはなかった。

もし義父となったばかりのこの人が、俺の将来のために金を出してあげようと言ったら受け取ることも考えただろう。

でも自分にはやりたいことがある。

それ以外の道は、どんなに輝かしいものであったとしても興味がないのだ。

「失礼なことを聞いたね。息子が一度は聞いてみろというものでね」

「息子さんが？」

なるほど、新しい兄弟が金目当てに何かしでかさないかと考えたわけか。

だがムッとするほどのこともなかった。守るものがある人間は警戒心を強くするものだ。金持ちなら、金を取られることを心配するのは当然だろう。

ましてや俺達はまだ出会ってもいないのだから。

「東秀《とうしゅう》さん、お前よりずっとハンサムよ。それに、下卑た考えで聞けと言ったわけじゃないからね」

こちらの心を見透かしたように母が横合いから口を挟む。

東秀さん、ね。

遠く離れて一年に一度か二度しか会えない息子よりも気に入っているのだろう。

いいことだ。

彼女はその『東秀さん』の母にならなければならないのだから。

「これが俺の会社です。事務所はもう開いてますが、俺が働くのは来週からになります。もし何かでインテリアのご用命があったら声をかけてください」

　差し出した急場しのぎの名刺を受け取ると、国木田さんの顔はまた優しいおじさんの顔に戻った。

「では、戻ってきたら家の方を頼もうかね」

「楽しみにしてます」

「本当は食事会の時に渡そうと思っていたんだが、界人くんにはこれを受け取ってほしいんだ」

　そして渡されたのは一本の鍵。

「これは国木田の家の鍵だよ。君はもう私の息子なんだから、持っていて当然だろう？」

「でも…」

「今は息子の東秀が一人で住んでいるから、よかったら顔を出してやってくれ。もし会いにくかったら、私達が旅行から戻った時に四人でもう一度ゆっくり会おう。なに、東秀も父親の私が呆れるほど仕事人間でね、君の遅刻が仕事のせいだと聞けば、きっと『それは正しい』とか何とか言うよ」

　鍵と一緒に住所と自宅の電話番号を書いた紙も渡された。

「あら、嫌だ。もうそろそろ出ないと、飛行機の時間に間に合わないわ」

「おお、そうかね。では界人くん、二週間後にまた家族全員で会おう」

「はい」

まるでフルムーンに出掛けるみたいにしっくりと夫婦をやってる二人を見送った時、俺はその二週間後を本当に楽しみにしていた。

バカみたいに盛り上がって帰ってくる新婚の夫婦。

気まずく照れ臭い息子二人。

わざわざこんなもの買ってこなくても、日本で売ってるのにと思うような土産を前に、勝紀いわくおっかない『東秀さん』に、今回の茶番を詫びて。許してもらってももらえなくても、これからは上手くやっていきましょうと手を差し出す。

どうせ俺達は一緒に住むわけではないのだし、適度に遠い付き合いをすればいい。

相手もきっと同じ考えだろう。

日本での新たな生活。

その全てがきっといい方へ向かうだろうと信じていた。

だからもうリラックスして、ホテルの部屋でルームサービスの食事を腹いっぱい食って、スーツを脱ぎ捨て、風呂に入って、ぐっすりと眠った。

二人は飛行機の中でどんなことを話しているんだろうとか考えながら、夢も見ずに疲れた身体を休ませた。

明日からは、自分自身のことで大変になる。

だからちゃんと休養をとろう。

そう思って…。

「イタリアンモダンはラツィオナリズムに端を発し、アメリカのポップアートの影響を受けながらラディカル・デザインへ移行。そして近年ではコンテンポラリーモダンへと形を変えました。クレイアホテルのオーダーがイタリアンモダンというのなら、テーマはジオ・ポンティあたりが妥当ではないかと」

日本で立ち上がったW&Sカンパニーの事務所開きは、俺が帰国した三日後だった。

「そんなの俺達に必要ない説明だな。近代合理主義に異論はないが、それで重厚さを出すには無理があるだろうと言ってるんだ」

会社の用意してくれたマンションが家具付きでよかったと一息ついたのもつかの間。

既にアメリカに直接オーダーを入れていた仕事があったので、出社日の朝から仕事はあった。

「イームズやポンティでも十分に対応できるのなら、ポンティでもいいんじゃないか？」

俺はデザイナーではない。

「アメリカのデザイナーにイタリアンモダンと言われてもなぁ」

クライアントとデザイナーを繋《つな》ぐ、日本的に言えば一種の営業。我が社ではプロデューサーと呼ばれるポジションにいる。

「ウチのデザイナーはあらゆるニーズに応えることができるはずでしょう？」

つまり、本当の営業が取ってきた仕事を受け取り、クライアントとデザイナーの意見をすり合わせる役目だ。

なので、金銭的なことも、デザイン的なことも、両方に知識がなければならず。また、両方の間を行ったり来たりしなければならない。

そして今やっているのは、新しい仕事、新規オープンのクレイアホテルのロビーラウンジに置く椅子とテーブルを含む調度品のデザインを、どのデザイナーにオーダーするかという会議だった。

「予算は？」

「予備を含めて一千万以内。椅子はレザーを使用するようにとのオーダーです」

小さな会議室には、俺を含め、三人のプロデューサーがいた。

一人は俺と同じくアメリカからやってきたデニー、もう一人は日本で採用した小林《こばやし》だ。一応上下関係はないことが建前だが、キャリアからいえばデニー、俺、小林の順となる。

今回はこの小林に仕事を覚えさせるために、彼主体で話を進めている。

「イタリアンモダンと一口に言っても、カラーコンセプトとか色々あるだろう？　超軽量型のものにするのか、アーリーアメリカンのコロニアルを簡単にしたみたいなハイバックにするのかとか」

日本語ペラペラなデニーは容赦なく小林に質問をぶつけた。

「それはポンティですから、ハイバックの方が…」

そしてごめん、これも小林のためだ。

俺も結構キツめに言わせてもらう。

「で、小林。そのポンティスタイルっていうのはクライアントからのオーダーなのか？」

言われて小林は困ったように視線を落とした。

「いえ、俺の判断です」

それを聞いてデニーが追い打ちをかける。

「プロデューサーの仕事はデザインを制限することじゃない。クライアントからのオーダーがないうちにこういうのがいいとか、ああいうのがいいとか、デザイナーに注文する気だったのか？」

「それは、手をつけるのに指針があった方がいいかと…」

「そういうのはデザイナーが指針を示してほしいと言ってからだ。しかもデザイナーが聞きたいのはお前の意見じゃなくてクライアントの意見だ」

「はい…」

俺と一つしか変わらないのだが、まだアメリカ式のストレートな物言いに慣れていない彼は、すっかり意気消沈してしまった。

「やり直せ。クライアントの希望をしっかりリサーチしてからもう一度デザイナーの候補を募る。いいか、明日までに聞いてくるんだぞ」

「はい」

アメとムチだが、俺はやっぱり日本人なので、落ち込む彼をそのままにはできず、せめてもとフォローを入れる。

「イタリアンモダンはクライアントの希望なんだろう？　だったらウチの前のデザインラフを何枚か参考に持っていってみたらどうだ？」

「…はい」

「麻川、もういい。そういうのは本人に考えさせろ。小林だって一人前の給料貰ってるんだから」

「経験が乏しい人間に参考例を伝えるのは先輩の仕事ですよ。少なくとも、彼はまだウチのやり方を熟知してるわけじゃない。一度も教えないで正解を求めるより、一度教えた方が早く答えが出るでしょう？」

「甘やかすなよ」

「当たり前のことをしてるだけですよ。小林、会議はこれで終了。早くホテルの方に連絡してアポ取ってこい」

「はい」

俺の言葉を受けて、会議室のパレット型のテーブルの上に広げていた書類をかき集めると、彼は慌てて部屋を出て行った。

「日本人は言われないと動かないヤツが多くて困る」

その後ろ姿を見送って、デニーがポツリと呟《つぶや》く。

わからないではないが、同じ日本人の俺としては同意を示すことはしなかった。

デニーは特に身体が大きいというわけではないけれど、外国人慣れしていない日本人には、怒るアメリカ人は怖いものだろう。

俺だって、向こうに行ったばかりの頃は、誰に会っても身体を硬くしていたものだ。

「さて、じゃ俺もデスクへ戻るよ。まだまだ整理しなきゃならないことがいっぱいあるから」

ファイルを閉じ、自分も席を立つ。

「後で一緒にランチをどうだ？」

だがデニーは立ち上がらず、そのまま指先のペンをくるくると回していた。

「いいよ。小林も誘ってみる？」

「…そうだな。萎縮《いしゅく》されると困る」

「じゃ、どこかいいところを…」

胸で携帯が鳴り、一旦《いったん》言葉を切る。

片手を上げて、ちょっと待ってと合図を送り電話に出る。

「はい、もしもし？」

仕事中だとわかる時間。

なのに相手は勝紀の母であり母の妹でもある、中川の叔母だった。

『もしもし？　界人くん？　中川だけど。ああよかった、繋がったわ』

この番号は叔母には教えていなかったはずだが、勝紀が教えたか？

「叔母さん。ごめん、今仕事中なんだけど…」

デニーに気を遣って言った言葉だったのだが、彼女はそんなことどうでもいいという勢いでまくしたてた。

『何言ってるの、あなたまだ知らないんでしょう？　大体、日本に戻ってきたならすぐにウチくらいには住所とか、電話番号とか教えておきなさいよ』

「すいません。でもそれなら夜にでも…」

『それじゃ遅いのよ。ウチにも今連絡が入ったんだけど、光子が事故にあったんですって』

「え…？」

『昨日帰国して、家に戻る途中、交通事故だっていうのよ』

聞き間違いかと思った。

いや、事実だったとしても、驚かせるために大袈裟《おおげさ》に言ってるだけではないかと。

「事故って、大したことはないんでしょう？」

そうであってほしいという願いを込めていう言葉。

けれど叔母さんの返事ははっきりしなかった。

『それがわかんないのよ。私もさっき息子さんから電話貰ったばっかりだし…。ただあちらもあなたに連絡取りたいとは思ってるみたいで、ウチに電話したようだから、あなた、すぐにあちらのお宅へ向かいなさいよ』

「…わかりました。行ってみます」

『事情がわかったら、こっちに連絡するのよ？』

「はい」

俺が電話を切ると、デニーが側《そば》で何事かと見つめていた。

「事故って、誰？」

目が合って、問いかけられる。

「両親」

答えながら笑おうとしたが、顔の筋肉は上手く動かなかった。

「再婚したっていう？」

「うん。まだ事情はよくわからないんだけど、俺、あちらのお宅の方とまだ親しくなってなかったから連絡先がわからなくて叔母さんの方に電話が行ったみたい。…悪いけど、今日は早退させてもらっていいかな？」

「当然だろう。病院へ行くのか？」

「いや、入院してるのかどうかもわからないんだ。交通事故だっていうんだけど、何に乗ってたのかも聞かなかったし…」

言葉に出すと不安が募る。

俺は成田から東京まで電車で来た。

だが電車では『交通事故』とは言わないだろうし、大きなニュースになっているだろう。だとしたらリムジンバスかタクシーか自家用車か。それとも徒歩？　リムジンバスは電車と同じようにニュースになるだろう。

普通の車か徒歩で事故にあったとすれば、その怪我は大きいのでは？

「麻川」

デニーに腕を掴まれ、俺は一瞬自分が意識を飛ばしていたことに気づいた。

「あ…、ごめん。何か悪いことばかり考えちゃって」

俯《うつむ》く俺の背中を、彼は力強く何度も叩いた。

「大丈夫だ、何にもわからないってことは何でもないってことかもしれないだろう？　無事かもしれないじゃないか」

それはないだろう。

もし何事もなければ、わざわざ叔母さんから電話が回ってくるなんてことはないはずだ。母さんが直接俺に電話すればいいんだから。

ということは電話のできない状態…？

だがそれを口にすることはできなかった。

「上の人には俺が言っておくから、早く行け」

「すいません、後でまた連絡入れます」

「ほら、急げ」

彼に背中を押され、俺は部屋を出た。

「失礼します」

無事にとは言わない。せめて大したことがありませんように、と祈るような気持ちで。

だが、どこへ行けばいい？

急いでエレベーターに飛び乗りはしたが、病院の場所もわからないではないか。

ここはやはり、国木田の家ということになるのだろうか？　まだ一度も訪れたことのないが、国木田さんの会社も病院もわからないとなれば、そこしかあるまい。

結婚式の当日に貰った住所の紙も、鍵も、ずっと持ち歩いている。

仕方ない。

ちょっと気は重いが、悩んでいる暇はない。

俺は大通りへ出てタクシーを拾うと、運転手に財布の中から取り出した住所を書いた紙を見せた。

「すいません、ここへお願いします」

すぐに走り出した車の中、頭の中は不安でいっぱいだった。

だから、その家に着いてからどうするかなんてこと、これっぽっちも考えていなかった。


麻川の家は、亡くなった父の買った家だった。

当時既に新築ではなく、木造だが小さな庭のある3ＬＫの家だった。

だが、国木田の家は全く違う。

タクシーの運転手が降ろしてくれた場所は、まるでイギリスの邸宅のようなお屋敷だった。

外壁こそ何の飾りもない白い塀だったが、門扉《もんか》はアールデコ調の黒い鉄柵《てっさく》。

離れた場所に見える建物にはベイウィンドウやドーマーウィンドウが見える、洋館だ。

建築様式は統一されていないが、仕上がりは大変美しい。

その国木田家を前に、俺は緊張しながらインターフォンのボタンを押した。こんなに広い家なら、留守番くらいいるだろうと思って。

だが返事はない。

もう一度、更にちょっと間を置いてからもう一度。

何度押しても門扉の横についたスピーカーから返事が返ってくることはなかった。

「壊れてるのかな…」

いくら大きい家だとしても、聞こえないってことはないだろうし。

こんなところにいつまでも突っ立ってる方が変に思われるから、俺は意を決して扉を開けて中へ入った。

「失礼します…」

誰に聞こえるわけでもないのに声をかけるのは、小心者の証《あか》し。

玄関ポーチへ続く敷石を踏んで、植え込みに囲まれた玄関前へ出る。

玄関扉の前には門のようなインターフォンは設置されてはいなかった。

これも聞こえるわけはないだろうと思うのに、ノックをしてみる。

当然、返事はなかった。

「困ったな…」

自分には、ここしか連絡の取れる場所はないのに。

息子さんや、家政婦さんはいないのだろうか？

親類の人とか、来ていないのだろうか？

ここは植え込みの陰になっているから、門の前にいるより立っていても目立ちはしないだろうが、それでも誰かに見とがめられたら変な人だ。

「鍵…、あるんだよな」

ポケットから、国木田さんに貰った鍵を取り出してみる。

ドアの鍵穴に差し込むと、もちろんピッタリだった。

だが、家人がいないとわかっている家に入るのは気が引ける。たとえそこが自分の母の家だとしても。俺はこの家の住人ではないのだ。

かと言って、ここでボーッと突っ立っていてもしようがないし…。

扉の前で何度も行き来し、時計を見たり、携帯を開いてみたりしたけれど、それで答えが出るわけではない。

誰でもいいから、国木田の家の人に連絡を取る方法はないものだろうか？

ああ、母さん達が帰ってきてからゆっくりと顔合わせをやり直せばいいなんて思ってないで、一度だけでも息子の東秀さんと会っておけばよかった。

いくら引っ越しと仕事で忙しかったとはいえ、二週間も問題をほったらかしにしていた自分が悪い。

悪いが…、何とかならないだろうか。

役に立つものはないかとポケットの中を探っていた俺は、手帳を取り出した。

と言っても、その手帳に情報が書かれているわけではない。それを使って伝言を残しておこうと思ったのだ。

だが手帳の紙は小さく、郵便受けに入れておいたとしてもゴミと間違えられて棄《す》てられるかも。

自分の連絡先を書くつもりだから、それをそこいらに棄てられたり、風に飛ばされても困る。

それを全て考え合わせた結果、俺の出した答えはこうだった。

覚悟を決めて家の中に入り、合鍵を貰ったことと、事故の連絡を貰ったこと、それに自分の携帯の番号を書いたメモを目につくところに置いて帰る、だ。

結局中に入ってしまうことになるが、それ以外にはないだろう。

差しっぱなしにしていた鍵を回してドアを開ける。

ここでも俺は一応声をかけた。

「失礼します…」

そっとノブを回してドアを開ける。

玄関先にはベンチの置いてある小部屋があった。来客のウエイティングルームだ。

このベンチの上では、急いで入ってきた時素通りされるかもしれない。

靴を脱いで中へ上がると玄関のホール。どこかにフロントカウンターがあるのではないかと探してしまう、まるでちょっとしたプチホテルのエントランス。

母さんは仕事を辞めるつもりだと言っていたけれど当然だな。

どうやら家政婦さんもいないようだし、こんな広い屋敷を一人でキープするのは大仕事だろう。更に奥へ入ると、広いリビングへ出た。

「…うわぁ」

高い天井、下がるシャンデリア。

革張りのソファにガラスのテーブル、毛足の長いラグ。

立ち並ぶ欧風の家具も含めて、いかにも重厚で時間の経過に左右されないインテリア。

やっぱり一般住宅ではない、ホテルのような豪華な雰囲気。

「…あれ、トビア・スカルパのフロアスタンド？　あっちのフェデラル様式の椅子はダンカン・ファイフのだ」

仕事柄、つい驚嘆の声を上げてしまうような、名の知れたものばかり。

これ、全部オリジナルの品物？

飾り棚の中に並べられてるのも、本物のベネチアングラスのティーセット。しかも王道と呼ばれる赤の、だ。

「うわぁ…」

俺は一瞬、目的を忘れて部屋を鑑賞していた。

玩具《がんぐ》屋の前でショーウィンドウに張りつく子供のように、そこにある物の素晴らしさに魅入《みい》られてしまった。

すぐに目的を果たしていればよかったのに夢中になって、ガレの花瓶を手に取った時、その声が響いた。

「誰だ」

低い声。

ドキリとして背筋が凍りつく。

「何をしている」

…人がいるなんて。

あれだけチャイムを鳴らしたのに、中に入る時に声もかけたのに。その時は何の反応もしなかったのに、どうして今。

「あ…、あの…」

頭の中が真っ白になって冷や汗が出た。

「持っている物を元に戻せ」

「これは別にやましい気持ちで手にしたわけじゃなくて、ちょっと綺麗だと思って見てただけで…」

「どういうつもりでそれを手にしていたかより、どういうつもりで我が家に入ったのかを聞かせてもらった方がよさそうだな」

説明をしなくちゃ。

焦れば焦るだけ怪しく見られるからと、ゆっくり花瓶を元に戻して振り向く。

そこには、ひどく不機嫌な顔をした、ガウンを纏《まと》った男が立っていた。

乱れた前髪、顔立ちがハッキリしているだけにその無表情さがおっかなく見える。この様子からすると、奥で眠っていたのかも。

この人が、国木田さんの息子…？

でもこの人は…、どこかで見たことがあるような…。

「君は…」

相手もそう思ったのか、じっと俺を見た。

そうか、あの人だ。結婚式の時にエレベーターで会った、扉を開けてあげただけでにっこりと笑ってくれた人。

あまりにも雰囲気が違うから、わからなかった。

「どうやって入った」

咎めるような口調。

当然なんだけれど、響きの冷たさに焦ってしまう。

「いえ、あの…」

「警察を呼んでほしいか？」

ゆっくりと近づいてくる彼に気圧《けお》されて、壁際に後じさる。

「待ってください、俺は麻川です」

「麻川？　光子さんの…？」

彼は眉《まゆ》を顰《ひそ》めてこちらを凝視した。

「息子です」

「何を言い出すかと思えば」

鼻先で笑われてしまった…。

彼は式の当日、勝紀の挨拶を受けているだろうから当然か。

けれどここで怯《ひる》むわけにはいかない。何せ理解してもらわなければ、俺は不法侵入者になってしまうのだから。

「いえ、本当に。俺が息子なんです」

「名前は？」

「名前？」

「君の名前だ」

「あ、麻川界人です」

「調べてはあるようだな」

近づいてきていた彼が、最後の数歩を一気に詰めて俺の腕を取る。

「痛っ」

突然だったのと、力強さに声を上げたが、彼はそんなこと気にもせずに俺を壁に押し付けた。

「いつから狙《ねら》っていた？」

「は？」

「結婚式場で会っただろう、ホテルのエレベーターで」

「覚えててくださったんですか？」

「覚えていたとも」

苦々しげな口調。

やっぱり信じてもらえなかったのか。

「あの時からウチを狙っていたんだな」

「違います」

「じゃあ何故あそこにいた。招待客だったとでもいうのか？」

「だから、俺は麻川…」

「いい加減にしろ！」

パンッ、と頰《ほお》が鳴った。

た…叩かれた…？

「な…、何するんですか…！」

いきなり暴力だなんて。

「それはこちらのセリフだ。私を追い回して、何を考えてる」

「追い回すって…」

「エレベーターで私の顔を確認したんだろう？　何かのお零《こぼ》れにあずかろうとしていたのか、取引でもちかけるつもりか？　それとも、何か狙いがあるのか？」

そんな、あの時は俺だってこの人が東秀さんだなんて知らなかった。第一、声もかけなかったのに。

「狙いって」

「単身家に乗り込んでくれば、警察に通報されることはわかっていたんだろう。それでも入り込むほど自信があるのか？」

「自信って何です。俺は国木田さんから合鍵を受け取ったから入れただけで、乗り込んできたってわけじゃないです」

「どこから鍵を手に入れた？」

「だから、俺は本当にあなたの…えっと…、弟か兄なんです」

身長差があるから屈《かが》み込んでくる彼の額《ひたい》に、乱れた前髪がかかる。

唇の端だけを歪《ゆが》めてつくる笑い顔は、その前髪のせいで荒《すさ》んだ凄《すご》みを持っていた。

「ニセ者を演じるならそれくらい覚えておけ。界人は私の弟だ」

「ニセ者じゃないんです」

ただ確認が取れなかっただけで。

「残念だったな。私は今、大変機嫌が悪い」

彼が俺の顎《あご》を捕らえる。

「…腹立たしい」

そして一言呟いたかと思うと、再び睨みつけ突然唇を奪った。

「…ん…！」

齧《かじ》りつかれたのかと思うような激しい口づけ。

驚いている間に舌で唇をこじ開けられ、中を犯される。

「ん…っ…」

上から覆いかぶさるようにかけられる圧力。

抵抗しようとした手も捕らえられ、更に深く。

キスくらい、したことはあった。

特定の恋人はつくらなかったが、長いアメリカでの生活で、何人もの女性とキスはした。

男同士のキスはしたことがなかったが、友人の菅原がゲイだったので、目の前でそのシーンを見たこともある。

けれどまさか自分が男にこんなキスをされるなんて。

息苦しくなるような攻防。

力で負けて膝《ひざ》が折れる。

それでもまだ熱い舌は俺を求めるように動く。

「…っ」

苦しくて、必死に首を振って逃れたが、外れたのは一瞬だけで、唇はまた追ってきた。

呼吸を止めようとしているかのように。

暴力であるかのように。

「や…て…」

もつれ合い、少しずつ場所を移動しながら、逃れきれなくて終《つい》に床に座り込む。

「やめて…！」

ようやく離れた隙《すき》をついて訴える言葉。

「不法侵入までして、私にコナをかけたかったんだろう？」

けれど彼の顔には、まだあの蔑《さげす》むような笑みが浮かんでいた。

「違…」

「金や物で私が釣れると思ってるのか？」

何を言ってるんだ。

誰かと間違えてるのか？

確かに、事情がわからなければ不法侵入と思われるのは仕方ない。警察を呼ぶだの、ニセ者扱いされるのはまだわかる。

けれど、どうしていきなりこんな…。

「お前の望みが何なのかはわからないが、これはペナルティだ」

膝が震える。

初めての激しいキスで。

「…ペナルティ？」

こんな酷《ひど》い仕打ちで、好意のカケラもないのに。

「私を騙《だま》そうとした罪だ」

「そんな…！」

「最初からそのつもりだったんだろう。だからこんな…」

手が俺を床へ押し倒す。

「…こんなところまで私を追いかけてきたんだろう？」

身体が組み敷かれ、ネクタイが解かれる。

何をしようとしているのか、咄嗟《とっさ》に判断がつきかねた。

ものを知らないわけではない。経験はなくても知識はある。

けれどこの人が、目の前にいる自分の義理の兄になった人が、母が選んだ人の息子が、そんなことをするとは到底考えられなかった。

男色家にも見えず、男女共に相手には不自由しなさそうな人が、自分を襲うなんて、考えられるわけもなかった。

だから反応が遅れてしまった。

「い…」

その手が自分の服にかかっても、まだ信じられなかった。

「いや…ぁ…!」

自分が男に強姦《ごうかん》されるだなんて…。


アメリカで友人だった菅原は生粋のゲイで、子供の頃から女性を相手にすることができない人間だった。

彼は早いうちに自分にそのことを打ち明け、それでも決まった相手がいるから同僚にそういう気持ちは押しつけないとあっさり言い放った。

と言うか、俺のような子供っぽい人間は範疇《はんちゅう》外なのだと。

菅原と、彼の恋人は俺の目の前でもよくハグもしたし、キスもした。

けれど決してそれは肉欲的な印象はなく、目のやり場には困ったが、生々しいというよりもべタベタしてるという雰囲気のものだった。きっと俺がヘテロだとわかっていたからだろう。

彼等《かれら》のおかげで、男性同士の恋愛ということに対して俺はあまり偏見はなかった。

同性同士のセックスは恋愛の上に成り立つものだと思っていたし、遊びであっても『ノー』という人間を力ずくでどうこうしようということはないのだとも思っていた。

だから、この仕打ちが信じられない。

「…う…」

性的なことを話し合っていたわけでもなかった。

そういう人間が集まる場所でも、そういうことをする場所でもない。

母の婚家のリビングの床の上で、今日初めて（ホテルでちらりと会ったのを除いてだが）会ったばかりの義兄《あに》に身体を奪われるなんて…。

「ん…」

奪われるように深いキスをされ、床に押し倒された後、東秀さんは容赦なく俺の服に手をかけた。

まさかこうなるなんて思わなくて、ただ押さえつけられるだけかと思って、抵抗が遅れた間に、ネクタイを口に押し込まれ、彼のガウンの紐《ひも》で腕を縛られた。

自分は侵入者ではない。

本当にあなたの弟なのだ。

どこの誰だかわからない人間ではなく、麻川界人なのだ。

そう説明する言葉を奪われたまま、俺は服を脱がされた。

最初、彼はこういうことに慣れた人なのかと思った。男性を襲って、無理やり身体を奪うことを常としているのかと。

けれど服を脱がす手はぎこちなく、とても愉《たの》しんでやっているとは思えず。むしろ、怒りに燃えてというように乱暴で、荒々しいものだった。

不法侵入者がそんなに許せなかったのか。彼にとって、この行為は暴力と同じなのか。

その理由を問うことも、もうできない。

硬い床の上、困惑したままの俺に容赦なく伸ばされる手。

スーツをはだけさせられ、シャツを開かれる。

胸の上に顔が近づき、熱い唇がそこに触れる。

走った痛みは痕《あと》を残すためのものか。

「ん…ん…」

やめて、と繰り返す言葉がくぐもった音になる。

彼の耳にはそれすらも届かないのか、行為は止まらなかった。

舌は肌を濡《ぬ》らし、その感覚に鳥肌が立つ。

先端を弄《もてあそ》ぶように転がす舌に、快感が生まれた。

こんな目にあっていながら、感じてしまう自分の身体の浅ましさが腹立たしい。

けれど服を脱がせた時の激しさと打って変わった優しい愛撫は、行為を暴力とは思えなくさせてしまうのだ。

誰かから愛撫を受けるなんて、初めてのことだった。

男だから、自分が誰かにということはあった。でも、相手から奉仕されるなんてことはなかったのだ。

感じる場所を探られ、攻められるなんて、経験がないのだ。

このままではいけないと、身を捩《よじ》って彼から逃れようとしても引き戻される。

辛うじて俯《うつぶ》せになり、肩を揺らして這《は》い出したが、縛られた腕を取って引き戻された。

肩から落ちたスーツとシャツが、縛られた場所に溜《た》まる。それがまた動きを奪う。

無言のまま続けられる攻防。

けれどそれも彼の手が俺の局部に伸びてくるまでのことだった。

「ん…っ！」

背後から回ってきた指がそこを握る。

怖くて、動きが止まる。

その隙を縫ってファスナーが下ろされ、中に入り込まれた。

腕が使えないのだから、どんなに嫌でもその手を止める術《すべ》はなかった。

恐怖で縮み上がったモノに指が絡みつき、ゆっくりと解《ほぐ》されても、されるがままだ。

感覚を味わう余裕なんて、あるはずがなかった。けれど刺激は男としての性を呼び起こし、否応《いやおう》なく反応させられる。

「う…」

下を向いたことにより、ようやく押し込まれたネクタイは吐き出せたが、すぐには言葉が出なかった。声を出そうとすれば、喘《あえ》ぎ声になってしまいそうで。

認めたくなくても、自分の身体はこの行為に反応している。

それが恥ずかしかった。

こんなことをされたいわけじゃない、やめてくれと言いたい。

でも彼の手の中にある自分のモノが、それを裏切るように硬くなってゆく。

「ん…っ、あ…」

指が根元を握るから、思いもかけぬ甘い声が出た。

耳に届いた自分の声の恥ずかしさに身体が震えた。

「こんな時でも感じてるのか」

揶揄《やゆ》する言葉に顔が熱くなる。

その通りだから。

「それとも、精一杯誘ってるつもりか？」

「誘って…なんか…。あ…」

否定しようと思っても、身体が裏切る。

このままではイカされてしまう。

そんな恥ずかしいことだけはしたくない。

唇を嚙《か》み締め、耐えようとするのだけれど、全身に広がる粟立《あわだ》つような感覚は、どんどん神経を過敏にし、行為に溺《おぼ》れさせる。

女より男の方が快楽に弱いのだと、誰かから聞いたことがあった。

女性は感じなくても感じているフリをするけれど男は擦《こす》られるだけで簡単に感じるものなのだと。

それが事実かどうかはわからないが、今の自分はそれに近い。

感情では拒んでいるのに、生理反応は絶頂に向かってゆく。

そして男というものは、それを隠すことができないのだ。

「や…っ、う…っ。やめ…」

だんだんと激しくなる手の動きに、筋肉が痙攣《けいれん》する。

執拗《しつよう》に弄《いじ》られて、焦《じ》れるような疼《うず》きが生まれる。

「やめて…」

必死に願った言葉に手が離れたから、やめてくれるのかと思った。

だがそうではなかった。

ズボンの腰に手がかかり、一気に引き下ろされる。

「や…っ！」

前を握っていた指が、剝《む》き出しの尻を撫《な》でる。

「やめて…っ！」

指は逃げる俺の腰をなぞり、割れ目をたどりながら奥へ進むと、いきなり中にねじ込まれた。

「ひ…っ」

痛みに声を上げても、彼の手は止まらない。

抵抗のある入口をこじ開けるように蠢《うごめ》きながら差し込まれ、俺を追い上げ始める。

奇妙な感覚。

今までに味わったことのない圧迫感。

微かな痛みはあるけれど、ギリギリまで追い詰められていた快感を消すほどではない。

それどころか、それに彩りを添えるかのように、鳥肌を立てさせる。

「い…」

切れ切れに上がる声。

止めたいのに止まらない。

「やめ…」

「男は何人目だ？」

酷い、そんな…。

「狭いのか、こういうものなのか」

ぐりっ、と中で動いた指に、思わず力が入る。

それは痛みのためだったのだが、彼は誤解した。

「ここがいいのか」

「ち…」

もう一方の手で腰が引き寄せられ、膝が曲がる。

彼に尻を突き出すような格好になり、指が奥に届く。

「あ…、や…っ。ほんとに…いや…っ」

「床を汚して言われてもな。お前の言う言葉はウソばかりだ」

違う。

これば生理反応だ。

感じていることも全て、自分の意思ではない。

「お前がちゃんと自分の名を名乗って、話をしにきたなら…」

ポツリと呟くように響く声。

凶行の中、その一言だけがひどく寂しげに聞こえた。

だがそれを彼がどんな表情で言ったのか、俺にはわからなかった。

そしてそれをどんな表情で、どんな気持ちで言ったとしても、それから起こることには関係のないことだった。

「い…っ！」

中を探っていた指が引き抜かれ、更に腰を引き寄せられる。

痛みが走るほど我慢していた前に手が触れる。

けれどそれはさっきのようにそこを愛撫するためではなく、腰を抱えるために回した手が偶然触れただけだった。

たった今指が引き抜かれた場所に何か当たる。

「いや…っ！」

それが何だかわかるから、俺は叫んだ。

「挿《い》れないで…！」

ここまでされて、それが聞き入れられるとは思えなかった。

でも訴えずにはいられなかった。

怖くて…。

「お願い…」

どうしてこんなことになるのか。

俺は自分の新しい兄弟に会いにきただけなのに。

事故にあった両親の容体を聞くために訪れただけなのに。

「ぁ…ぁぁ…っ！」

指の時とは比べものにならない痛みが走る。

皮膚の切れる感覚が言葉を奪う。

息を詰まらせるような圧迫感。

頭の芯《しん》まで痺《しび》れるような痛み。

入ってくるだけでも辛《つら》いのに、彼が更に奥を目指すために身体を揺らすから、断続的にその痛みが全身を貫く。

「ひ…」

快楽はなかった。

最初からそんなものはない。

ただ性器に刺激を受けた快感があっただけで、楽しむものなどこれっぽっちもなかった。

力ずくで犯される女性の気持ちがわかると言ってしまうのは傲慢《ごうまん》かもしれない。けれどそれと同等の屈辱感と、失意と、怒りが身を包む。

一方的な欲望をぶつけられても、こちらは気持ちよくなんかないのだ。

身体が反応しても、心はズタズタだ。

「や…、あ、あ、あ…」

彼が腰を進める度に漏れる声。

それは喘ぎではなく、嗚咽《おえつ》と悲鳴の入り交じったものだ。

涙が零れ、頬を伝う。

だが背後から俺を犯す彼には、その涙も見えてはいないのだろう。

「いや…ぁ…」

だから最後まで、彼は俺を貪《むさぼ》り続けた。

俺の中に、ほとばしる欲望を注ぎ込むその時まで。

無言のまま、貫き続けた…。

「あ…」


電話が鳴らなかったら、自分はどうなっていたのだろう。

何の用意もなく、経験のない身体に男を受け入れさせられ、痛みは全身に脈打っていた。

もう一度同じことを繰り返されたら壊れてしまう。

心も身体も粉々に打ち砕かれる。

そう思っていても、もう動くこともできない。

彼の身体が動く度に、脅えからビクリと痙攣はするが、立ち上がることもできなかった。

けれどその時、遠くで電話の音が鳴り響いた。

東秀さんがそれを受けて立ち上がる。

言葉は何もなかったが、リビングからも出て行く気配がした。

顔を上げると、目の前のすぐ近くに自分が入ってきた玄関へ続く扉が見える。

彼が消えたのはその反対側、ということは家の奥だ。

今なら、ここから逃げることができるかもしれない。顔が涙でぐしゃぐしゃになっていても、指一本動かすだけで苦痛に声を上げそうになっても、今しかない。

彼が戻ってきたら、次に何をされるかわからない。

幸いにも、犯されている間に腕を縛っていたガウンの紐は緩んでいた。

俺は必死に腕を擦り動かし、その紐を解いた。

起き上がろうと力を入れると、彼の放ったものが腹から押し出されるように内股《うちまた》を伝う。その感覚に力が抜けるが、構わずズボンを引き上げ、ふらつきながらもその場を離れた。

逃げたい。

とにかく今すぐ逃げ出したい。

彼が怖かった。

それにこうなってしまった後に、彼に義弟《おとうと》であると説明する気にはもうなれない。

むしろ、それがわかる前に彼の目の前から消えてしまいたかった。

蹂躙《じゅうりん》され、傷付けられたというのに、どんな顔をして『あなたの義弟です』と言える？

自分にできるのは、残った気力の全てを振り絞ってこの場から離れることだけだ。

壁に手をつきながら通りに出て、タクシーを拾う。

車に乗り込もうとしただけでも痛みが走る。運転手に行き先を告げただけで、後はもう一言も発することはできなかった。

どうしてこんなことになったのか、考えるのも嫌だった。

ただ早く自分の部屋に戻りたいと、それだけを祈っていた。

俯くだけの俺に運転手も声をかけることはなく、無言のまま運ばれてゆく。

恐ろしく長く感じたその時間。

頭の中は空っぽで、痛みに耐えることに必死だった。

ようやくマンションの前に着いた時も、札を渡し、釣りも受け取らず転げるように車を降りると、そのまま建物の中へ走り込んだ。

早く、全身に刻まれたこの感覚を消し去りたい。

この現実を打ち消してしまいたい。

震える手で鍵を開け、やっと自分の部屋へ入ると、堪《こら》えていた涙がぶわっと溢《あふ》れ出す。

それ自体が汚れたものでもあるかのように脱ぎ捨てた服に残る、血と精液。

それを見るのも嫌で、丸めて片隅へ追いやると、バスルームに逃げ込んだ。

シャワーを浴びながら、嗚咽を漏らす。

もう立っていられなくて、冷たいタイルに膝をつく。

「う…」

彼がどうしてあんなことをしたのか、理解できなかった。

俺を侵入者と思うなら、警察にでも突き出せばいいじゃないか。

なんで強姦する必要がある？

それともあの人はそういう趣味があるのか？

今までもああいうことをしてきたのか？

いつか彼とはちゃんと会うことがあるだろう。

麻川界人と名乗って、彼の前に立つ機会を得られるだろう。

けれどもう自分からその機会を作る気にはなれなかった。

義弟として彼の側に行った時、何をされるかが怖い。

あれが侵入者に向けられた暴力なのか、誰でもいいから弱みにつけこんで欲望をぶつけたのか、
俺にはわからない。

もし後者であるなら、側に行くだけで、俺が何者であってももう一度ああいうことをされるか

もしれない。

いや、義弟であることを理由にもっと酷いことを要求されるかも…。

両親の事故のことは心配だった。

今すぐにでも容体を知りたいと願っていた。

でも彼には聞く気になれない。

側に行くことも、顔を見ることも怖い。

これから、彼とどうやって付き合っていくかなんてことも、今は考えたくはなかった。

泣いて全てが打ち消せるなら、ここで身体中の水分を涙として流してもいい。けれどもう身体に残る痛みも感覚もなかったことにはできない。

「ふ…っ、う…」

こんな目にあうために日本へ戻ってきたわけではない。

こんな目にあわされるために、新しい家族に会いにいったわけではない。

身体を伝う熱いシャワーの雫《しずく》。

それよりも尚《なお》熱く零れる涙に溺れそうになりながら、俺は泣き続けた。

どうしてこんなことになったのか、自分が悪かったのか、彼が悪かったのか。

何をどうしたら元に戻せるのか。

何も考えたくないのに、考えられないのに、疑問と後悔が後から後から湧《わ》き上がる。

こんなに苦しいのに、誰も慰めてくれる者などいない。

相談する相手もいない。

そのことがまた悲しくて、涙が零れた。

泣くことが、この辛さから逃れるたった一つの方法であるかのように。

子供のように泣きじゃくり続けた。

ずっと。

ずっと…。


シャワーを終え、恥ずかしさに耐えて傷口に薬を塗ると、疲れと苦しみから逃れるためにすぐにベッドに潜り込んだ。

だが眠りは浅く、痛みと悪夢で何度も目を覚ましてしまった。

閉じた瞼《まぶた》の闇《やみ》の中に、東秀さんの顔が浮かび、身体を這い回る彼の手の感覚が蘇《よみがえ》る。

まだ何かが身体の中に残っているような気がして寝返りを打てば、全身を貫く激痛が走る。

何か別のことを考えようとしても、あのこと以外考えられなかった。

喉《のど》が渇いても、空腹を感じても、ただ身体を丸め、じっとしていた。

夜が明ければ会社に行かなくてはならないとわかっている。

だが、どうしても外へ出る気にはなれなかった。

痛みのせいというのもあったが、心が挫《くじ》けてしまって、人前に出るのが嫌だったから。

かと言ってこのまま何もせずにいることはできないのもわかっている。

窓の外が明るくなると、仕方なく起き出し、デニーに今日も休むとだけメールを打った。理由は詳しく書かなかったが、有休をあててほしいとだけ記しておいた。

本当のことを話すことはできないが、休みの理由に母のことを使うことはできない。何も言わなければ向こうが勝手に想像してくれるだろう。

泣いて、泣き尽くして。

一晩経《た》ってしまえばいくらかは心が落ち着く。

痛みや苦しみが消えるというわけではないが、少しずつまともな思考ができるようにはなった。

それでも、やはり東秀さんにもう一度会うことは考えられなかった。

このまま一生会わずにいることはできないだろうが、二人きりでは会いたくない。会うならば第三者が一緒でなければ嫌だし、もっと時間を置きたかった。

彼のことを考えるだけで怖くなる。

本当の彼がどんな人だかはわからないが、少なくとも自分にとっての国木田東秀という男は悪魔だった。

母達の容体を知りたくても、あの男に連絡を取るのはもう嫌だ。

もし上手く連絡がついたとしても、再び目の前に現れた彼が同じことをしないとは限らない。

エレベーターで出会った時には、普通に格好のいい男性だと思っていたのに。

ドアを開けていただけで笑みを浮かべ、会釈していくような人だったのに。

あれは、外面がいいというだけのことだったのだろうか。

とは言え、母達の様子は気になる。

俺はのそのそとベッドから這い出すと、中川の叔母に電話をかけた。

専業主婦である叔母はすぐに電話に出てくれたが、こちらが話を聞くよりも先に激しくまくし立ててきた。

『界人くん？　あなたまだ病院行ってないの？　国木田のお家から連絡はつかないのかって昨夜も電話かかってきたのよ？』

空っぽだった家。

国木田の家には東秀さんしかいないようだったから、その相手は彼なのだろう。

「いや、あちらのお宅には伺ったんだけど…。タイミングが悪かったみたいで、どなたもいらっしゃらなかったんだ」

彼と会った、とは言えなかった。

言えば叔母の口からあの人にそれが伝わり、またややこしいことになりそうだから。

「それで、叔母さん。病院のこととか、わかる？」

『わかる、ってどういうこと？　あなたまだ何にも聞いてないの？』

「だから、連絡が取れなくて…」

『携帯の番号とか教えていいんでしょう？　だったら私から国木田さんの方に連絡入れるから、直接聞きなさいよ』

当然の申し出だけれど、俺はそれも拒否した。

「ごめん、今仕事でこの電話使ってるから、教えられないんだ」

『じゃ、家の電話は？』

「…それより、病院のこと教えてくれないかな。すぐにでも行きたいんだけど」

叔母はぶつぶつと文句を言いながらもメモ確認するから待つようにと言って電話を保留にした。

軽快な音楽が流れ、暫く放っておかれる。

電話番号を教えるのを渋ったのは、東秀さんと会う機会を作りたくないからだ。それに電話であっても、彼の声を聞くのが怖いからでもある。

でも、いつまでもそれを続けられるわけではない。いつかは叔母からこの番号が知らされてしまうだろう。

これからは電話に出る時も注意しなければ。

『もしもし？　界人くん？』

「はい」

『いい？　病院言うわよ。地下鉄のT駅にある…』

電話の近くにあるメモに叔母の言葉を記す。

病院は都心にある、大きなものらしかった。

『かなり悪いみたいだから、早く行くのよ？』

「わかってる」

ちらりと見た時計はもう夕方の四時に近い。

だがこのくらいならまだ大丈夫だろう。

「これからすぐに行くよ」

『そうしなさい。それと、国木田さんにも連絡するのよ？』

「…それは仕事が落ち着いたらおいおいね」

『またそんなこと言って』

「こっちはこっちで色々あるから。もう子供じゃないんだし、ちゃんと上手くやりますよ」

『…そうね。子供じゃないんだから、それなりにやりなさい』

「ごめんね、叔母さん。心配かけて」

『いいわよ。それじゃ、ちゃんと行くのよ。私も明日には行くから』

叔母としてはすぐにでも駆けつけたいところだろうが、都内に住んでいるわけではないから、もどかしい気持ちがあるのだろう。

「また連絡するよ」

『そうしてちょうだい』

「それじゃ、また…」

別れを告げて電話を切る。

受話器を置いた途端、ふっと力が抜け、自分が緊張していたことに気づいた。

たとえ相手が叔母であっても、人が怖いと思うようになってしまったのか、誰かに自分の状況を知られるのが怖かったのか。

強姦は親告罪で、被害者が『事件があった』と言わなければ罪も問えない。

けれど罪を告発するためには、あの時の恐怖を思い出さなくてはならないのだ。それをしてまで告発に踏みきるためには、恐怖以上の怒りが必要になる。

けれど、怒りが恐怖にほんの少し足りないからと言って、そのことをなかったことになんかできはしない。

告発できないならば忘れてしまえ。

その方が楽だと言う人間もいるかもしれない。

それもまた酷な話だ。

どうして、された側が忘れる努力を払わなければならないのだろう。

蹂躙され、奪われて、その上一方的に沈黙と忘却を課せられる。

そんなのは不公平だ。

「手が…、震えてる」

怒りからか、恐怖からか、泣きたいからか。

俺の手は微かに震えていた。

忘れられない。

しかも相手はいつか再び会わねばならない人間なのだ。

忘れても、必ず思い出させられる。

自分にできることはただ、耐えることだけだ。

今は、自分が男でよかったと思うことにしよう。

女性のように、この上更に妊娠という傷痕をつけられることはないのだから。

それが女性に対して失礼な物言いだったとしても、今の自分の心を慰めるためには、『まだ俺は男でよかった』と思うことしかなかった。

俺は男だから、いつか再び誰かと身体を重ねることがあっても、同じ行為をするわけではない。

だから思い出したりはしないだろう。

俺は男だから、この痛みは暴力と同じだ。

怪我が治れば忘れる努力は女性より簡単かもしれない。

気休めであっても、今はその考えに縋《すが》りたかった。

「病院…、行かなくちゃ」

起き上がると空腹感が強くなる。

それを埋めるために冷蔵庫から牛乳を取り出し、レンジで温めてからゆっくりとカップ一杯飲み干した。

腹の中が温まると、手の震えも治まってきた。

震えは空腹のせいだったのかもしれない。

「上手く笑える練習しておかなくちゃな…」

母親に会った時、彼女達に心配をかけないようにしなければ。

これはあくまで自分の問題なのだから、怪我で入院している母親を不安にさせるようなことは絶対にしてはいけない。

たとえどんなにそれが辛いことになるのだとしても…。


仕事を理由にすれば、どんなに態度がおかしいと言われても、上手くごまかせると思った。

事故にあったなんて、驚かすからだと言ってもいい。

平静でなんかいられるわけないだろうと笑ってもいい。

両手に抱えるほどのアレンジメントフラワーを買ってタクシーに乗り込み、叔母から聞いた病院を目指した時、俺は上手くウソをつく方法を色々と考えていた。

だがそんなことを考える必要などなかった。

「先日事故で運び込まれた国木田の息子ですが、両親の病室はどこでしょうか？」

大きな病院の受付、尋ねた俺に年配の女性は三階の部屋を教えてくれた。

床に引かれた案内のラインに沿ってエレベーターに乗り込み、ゆっくりと上へ上がる。

夕方のこの時間は見舞いのピークらしく、親子連れや、パジャマ姿の人と連れだった男性が一緒に乗り合わせた。

三階へはすぐに到達し、一人先に降りる。

念のためと、ナースステーションでもう一度部屋を尋ねると、若い看護師は名前を聞いて少し戸惑った顔をした。

「国木田さんですか？」

「はい。あの…、息子なんです」

こんなところでまで誤解されてるとは思えないが、つい力説してしまう。

「容体のこと、聞いてらっしゃいます？」

だが彼女が戸惑ったのは俺がどうこうというわけではなかったようだ。

「いいえ。何か…？」

「まだ意識が戻っていないので、お話はできないんですよ」

「…え？」

「頭を強く打ってましてね。特に男性…、お父様の方は内臓の方にも酷い損傷があるものですから、集中治療室に入られてますし」

「女性の方は？　母は？」

「どうぞ、こちらです」

看護師の女性に案内されて入った部屋は、十分な広さのある個室だった。

自分にとっては悪魔のようだと思われたあの東秀さんが用意してくれたのだろうか？

きっとそうなのだろう。彼以外の人間が手配するわけはないのだから。

暗い病室。

「患者さんの目に悪いですから、明かりはつけないように」

ベッドに横たわる母にはあちこち管がついていた。

酸素吸入器に点滴、排泄《はいせつ》用のカテーテル。

腕と頭には包帯が巻かれている。

つい先日満面の笑みを浮かべて旅立ったはずなのに…。

「側頭部の打撲で、少し骨にヒビが入ってます。意識が戻らないと何とも言えないのですが…」

頭にヒビ…。

「後遺症が残る、ということですか？」

問いかける声が震えてしまう。

それを隠すために、持ってきた花籠《はなかご》を床へ置いた。

「まだわかりません。担当の医師は水曜に来ますので、もし何かありましたらその時に」

「今日は話はできないということですか？」

「今日は分院の方へ行ってますので」

「義父は？　集中治療室と言ってましたが、面会は…？」

「できますよ。どうぞ」

看護師は優しげではあったが、どこか淡々とした声でそう言うと、病室を出た。

もう少し母の側にいたかったが、後でまた戻ってくればいいだろうと自分に言い聞かせ、彼女の後を追う。

看護師は少し先を歩き、エレベーターに乗り込むと、俺を待った。

こちらが乗り込むと五階のボタンを押す。

「交通事故ということでしたが、どういう状態だったんでしょうか？」

「タクシーに乗ってる時に、背後からトラックに追突されたそうですよ。お母様の方は上半身の打撲が酷いようですが、お父様の方は折れた肋骨《ろっこつ》が内臓に刺さって危険な状態でした」

「『でした』ということは今は…？」

「今もあまり…。どちらも意識が戻られるのを待つ、という感じですね」

「もし戻らなかったら？」

その時初めて、彼女は真っ正面から俺の顔を見た。

「大丈夫ですよ。すぐにはっきりと、とはいきませんが、一週間程度で意識は戻ると先生もおっしゃってましたから」

言葉の裏を探るのはよくないことだ。

けれど、慰めるために言ってくれたその言葉の裏を返せば、一週間は意識が戻らないということではないのか。それほど重症だということではないのか、と勘ぐってしまう。

五階へ降りると、彼女は小さな部屋へ俺を案内し、白衣を着るようにと促した。

「頭は髪を帽子の中に入れてください。それから腕時計を外して、そちらの洗剤で腕まで洗ってください。最後は蒸留水で流して、ハンカチ等で拭《ふ》かないように」

言われた通り用意された白衣に身を包んで手も洗う。

彼女はそれを見て、奥の重い金属の扉を開けた。

「どうぞ」

病室ではなく、広いフロア。

それぞれのベッドがカーテンで簡単に仕切られてはいるが、そこには幾つものベッドがズラリと並んでいた。

その間を通って奥へ進むと、母と同じように様々な管をつけられた国木田さんがそこに横たわっていた。

しかも国木田さんはベッドにゴムのベルトで固定されていた。

「どうして拘束を？」

「傷が痛むので、意識がなくても患者さんが動いてしまうからです。固定しておかないと傷が開いてしまいますので」

「そうですか」

優しい笑みを浮かべていたその顔は土気色で生気がなく、まるで別人のようだ。

幸福になると思っていたのに。

悲しみなんて、無縁なところで別れたのに。

どうして二人がこんな…。

思わず涙ぐみ、鼻をすすった。

「触れても…、いいですか？」

「動かさないでいただきたいので、今はちょっと。意識が戻られましたら一般病棟に移せると思いますから」

「そうですか」

治ってほしい。

早く元気になってほしい。

完全にでなくともいい。せめて言葉を交わせるくらいにまで、戻ってきてほしい。

二人は幸せになるために一緒になったのだ。

自分だって祝福した。

いや、みんなそう思っていたはずだ。

誰もこんな結末は望んでなんかいなかった。

「ありがとうございます。…母の方へ戻りますので」

「お母様の方は、手を握られるくらいなら結構ですよ」

「はい」

その部屋で看護師と別れ、俺は母の病室へ戻った。

電気をつけることが許されないから、もう薄暗くなった窓の外からの厚いカーテン越しの光と、廊下に向かって開け放たれたドアからの明かり。

静かな部屋に、母の呼吸音とつけられている機械の音だけが響く。

「楽しい旅行、してきたんだろう…？」

タクシーに乗っていての事故だと言っていた。

きっと二人は何も知らず、戻ったらどうしようとか、こうしようとか話し合っていたのだろう。

「これから新婚さん、やるんだろうが…」

年のいった大きな子供のいる二人が、ましてや社会的な地位のある国木田さんとの結婚は、簡単に決められるものではなかっただろう。

周囲の人間だってすぐに認めてくれていたかどうか。

それを乗り越えて結婚した二人が、こんな形で終わっていいはずがない。

こんな短い幸福で終われるはずはない。

「頑張れよ」

俺は点滴を打つために布団の外に出ていた母の手をそっと握った。

握り返すどころか、全く力の入っていない柔らかい感触に、また涙が零れそうになる。

「頑張ってくれよ…」

時間を作って、来られるだけ見舞いに来るから。

毎日声をかけるから。

必ず目を開けてくれ。

生きていてくれただけでもいいんだから。

少しずつでいいんだから。

もう一度だけ、笑ってほしい。

ドジっちゃったわ、せっかくの新婚旅行だったのにって、ぺろりと舌を出してくれ。

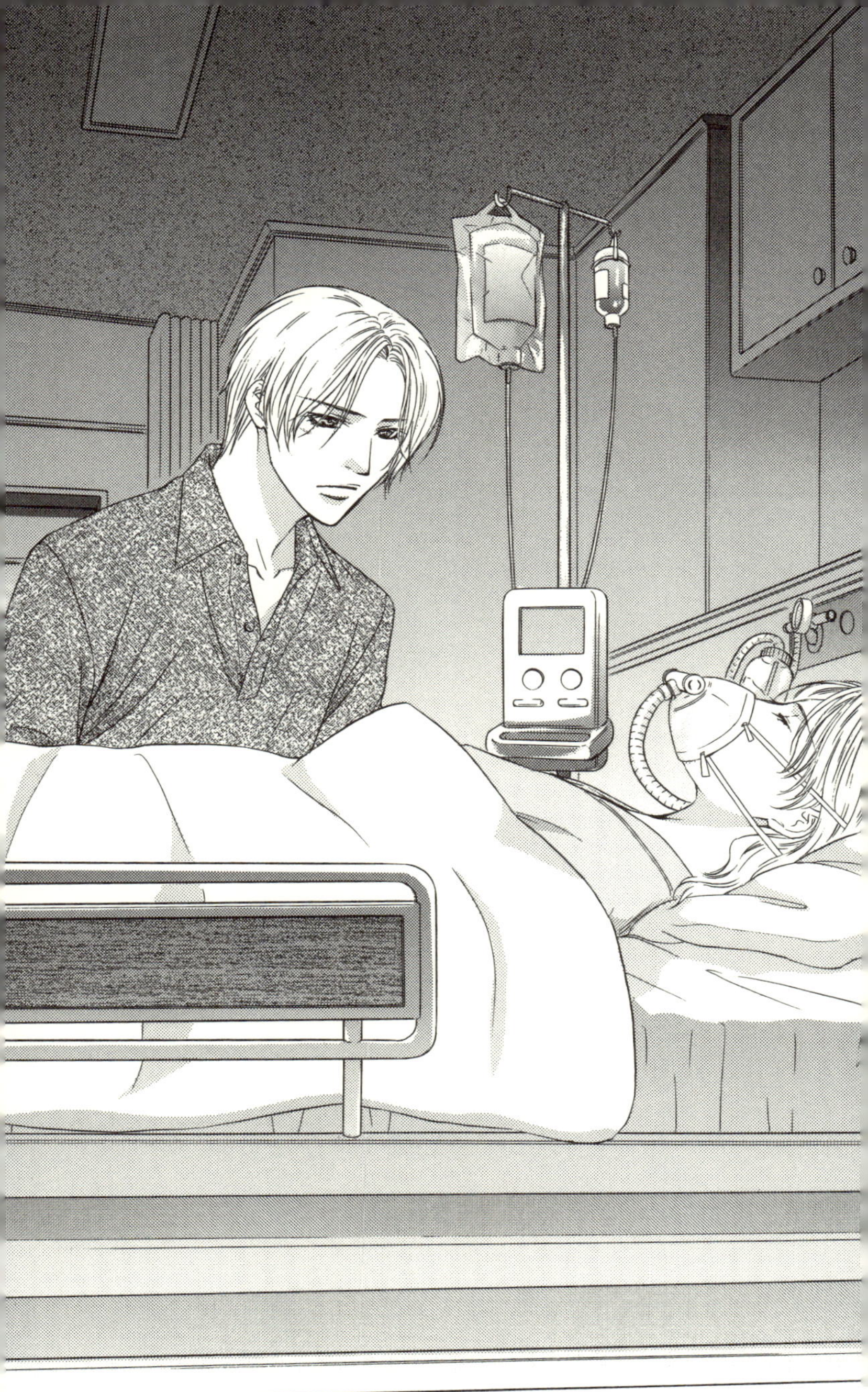

「頼むよ…」

思っていた以上に辛い状況に、自分に起こったことを忘れるほど打ちのめされていた。

自分にできることなど何もない。

後は医師に任せるだけしかない。

それでも何かしてやりたくて、力のない手を摩《さす》り続けた。

どうか、どうか、元気になってくれと心の底から祈りながら…。


翌朝には会社に行って、皆に事情を説明した。

両親がタクシーで事故ったらしいこと、二人共意識不明の重体であること。

新しい家族とは上手く連絡が取れないということだけは嘘をついた。相手の家族とは上手くやっているのかと聞かれても、上手く答えられなかったから。

デニーも、小林も、とても心配してくれた。

仕事がきつかったらこっちで引き受けてやるから病院についていてもいいんだぞ、とも言ってくれた。

だが、病院に行っても自分にできることはないから、今は精一杯仕事をすると答えた。

何かがあって病院へ呼び出されることがあるかもしれない。それならば先にしなければならないことを片付けておく方がいいから、と。

そしてもう一つついた嘘。

「病院の都合があるから、日中不規則に見舞いに行きたいんだ。時間的には昼休みをあてるから」

もちろん、病院の都合なんかない。

面会時間は基本的に午後の一時から夜の八時まで。その間なら何時行ってもいいことになっているのだから、会社の帰りに立ち寄れば十分に間に合う。

そうしないのは、東秀さんと会うことを避けるためだ。

俺はまだ、彼が怖かった。

当然だろう。

たとえ病院であっても、彼の前に立ちたくない。彼に何かされるかもしれないという恐怖は拭えない。

だから、毎日出社し、仕事を片付け、昼休みの時間を調整しながら病院へ向かった。

叔母や、母さんの元同僚の人達が持ってきたものだろう、母の部屋には自分が持っていった花だけでなく、様々な花が飾られていた。

二人の意識は戻らなかったが、三日目には国木田の義父が集中治療室から一般病棟に移された。

国木田さんを母と同じ病室にしてくれたのは、東秀さんのはからいだろう。

少なくとも、彼は二人には心配りのある態度をとってくれているらしい。

俺にとっては酷い男であっても…。

眠る二人に声をかけ、社に戻って再び仕事をし、一人マンションへ帰る。

誰もいない部屋でじっとしているとよくないことばかりが頭の中に浮かんだ。

このまま二人が目覚めなかったら、東秀さんと病院で出会ってしまったら、その時彼に再び悪夢のような行為を強要されたら…。

そんなことはないと打ち消してみても、簡単には忘れることはできなかった。

明かりをつけたままベッドへ入るようになったのも、暗闇の中に悪いことが思い浮かんでしまうからだった。

時が経てば身体の傷は癒《い》える。

歩くだけで痛みが走っていた傷口は、一週間も経つと殆《ほとん》ど感じることはなくなった。

心の傷は、まだぱっくりと口を開けたまま、乾くこともなかったが…。

いつまでこの日々が続くのだろう。

不安と怯《おび》えを忙しさに紛れさせ、時間を潰すように過ごす。

「麻川」

少しずつ溜まり始めた疲れを感じ始めた頃、俺は営業の森部長に呼び出された。

「ちょっと来い」

部長の呼び出しというのは珍しく、俺は少し緊張してデスクへ向かった。

アメリカのオフィスほどは広くないが、それぞれのデスクは低いパーテーションでコンパートメントとして仕切られている。

丁度、立ち上がればフロアの全てが見渡せる程度に。

「何でしょう？」

それでも、部長のデスク前に呼び出されるというのは緊張するものだ。立てば見えるということは、座れば見えないということなのだから。

「まあ座れ」

綺麗に整えた森部長の髭《ひげ》を見ながら、背筋を伸ばして勧められたサイドチェアに腰を下ろす。

「親御さんの方はどうだ？」

遠慮がちに尋ねる言葉に、苦笑した。

「あまり変わりはないです。まだ意識が戻らなくて…」

重たい内容を、あまり深刻に取られないように話す。

「休みは取らなくて大丈夫なのか？」

「デニーにも言われましたが、入院している間は俺にすることはないですから。ただ、容体が急変した場合は申し訳ないですが、席を外させていただくこともあるかもしれません」

「そうか。それは構わないから、遠慮なく言うようにな」

「ありがとうございます」

「まあそれはそれとして、実は新しい仕事が入ってね」

「新規ですか？　ありがたいことですけど、営業も随分頑張ってますね」

「それがそうじゃないんだ。全くの新規でね。あちらも突然だが構わないかというような聞き方だったんだ」

「どなたかからの紹介では？　それとも、何かヤバイ感じなんですか？」

部長は静かに首を横に振った。

「いいや。クライアントはアルトという会社なんだが、調べてみたらちゃんとした大手の玩具メーカーだった。お前、知ってるか？」

「アルト、ですか？　確か今は大人向けの趣味の道具とかも手がけている会社ですよね？　テレビで見たことがあります」

「それだけか？」

問いかける視線。

「すいません。日本に戻ったばかりなのであまり知識が…」

森部長は日本で雇用された人だから、自分が知らない何かを知っているのだろうか。知識不足を咎められても仕方ないな。

けれど、部長の問いかけはそういう意味ではなかった。

「本当に知らないんだな？　知り合いとか、友人とかが勤めてるってこともないんだな？」

「はい。高校時代の友人が勤めてるということはあるかもしれませんが、俺としては連絡は受けてませんし」

「そうか…」

「何かあったんですか？」

部長はデスクの上に置いてあったペンを取って、指先でくるくると回した。

「うーん…。実はな、先様から担当者は麻川界人にしてほしいと要望があったんだ」

「麻川って…、俺ですか？」

「うむ。アメリカで仕事をしていた時の話は聞いている。なかなかの成績だったそうじゃないか」

「ありがとうございます」

「だが正直言って、日本でお前の名前がそんなに売れてるとは思えなくてな。縁故で回ってきた仕事かと思ったんだ」

それは正しい判断だ。

デザイナーならば、たとえ海外での活躍であっても知られることはあるだろう。だが、一営業のプロデューサーである俺など海外まで名が鳴り響くなんて考えられない。

それほど目立った仕事などしていないし、まだ若輩者だし。

「全然関係ないってことはないだろう。一度行ってみて、詳しく話を聞いてもらえるか？」

「それはもちろん。会社はちゃんとしてるんでしょう？」

「本当にアルト自体からの依頼ならな」

「イタズラってことも考えられるわけですね？」

部長は曖昧《あいまい》に頷《うなず》いた。

「取り敢えず、だ。我が社としても付き合いがないし、お前も知らないというのなら、疑ってみるべきだろう」

「ですね」

「それじゃ、今日の午後にでも行ってくれ。これが連絡先だ。依頼の内容は接客用のショールームと応接室のリフォームだそうだ。オフィス系のカタログを持っていけ」

「はい、わかりました」

お互いキツネにつままれたような気分だが、仕事として正式に入ったものならばきちんと対処しなくては。

俺は一礼してその場を離れると、自分のデスクへ戻って交渉用のカタログ等ドキュメント一式をカバンに詰めた。

部長から貰ったメモに目を落とす。

アルトという会社にも、担当者として書かれている前川という名前にも覚えはない。

「謎《なぞ》だな」

だがこういうこともあるのかも。

今はネット等でなんでも調べられるし、ウチの会社は何度か雑誌にも取り上げられている。それを目にした誰かが何となく依頼してきたということも考えられる。

あまり難しく考えないことだ。

わかってみれば、なんだそんなことだったのか、で済んでしまうことかもしれないし。

「デニー。俺、午後から出るから小林のサポート頼むな」

「新しい仕事？」

「聞こえてた？」

「いや、だが部長に呼ばれてすぐに一人で出てくっていうならそう考えるだろう？　色々忙しいのに大変だな」

「そんなことないよ。せいぜい頑張ってくるさ」

仕事をしている時はいい。

煩わしいことを考えなくて済むから。

仕事ならば、自分が頑張ればどんな問題も自分で片付けることができる。

けれど、過去の傷や病人の具合は、思い悩むばかりで自分では何一つ解決することはできない。

ただイタズラに悩んで、マイナス思考に落ち込み、時間を潰すだけだ。

こうなって初めて知った。

辛いことというのはその瞬間の衝撃だけじゃない。

その後に、どこまでその辛さを引きずるかで苦しみの大きさが決まるのだと。

人間の生理現象にはホメオスタシスというのがある。生体恒常性とも言うが、外部、または内部からの変化に揺らぐことなく安定な状態を維持する作用のことだ。

心にも、それがあるのだと思う。

傷んでも、元に戻ろうとする力。

それがちゃんと働いて癒《いや》されてゆけば全ては『過ぎたこと』としてひとまとめにできる。だがそれが癒されずいつまでも残っていれば痛みと苦しみは倍加する。

東秀さんに襲われたことも、両親の怪我も、今はまだ中途半端なままで、自分は何もできない。

ああ、『何もできない』という言葉を何度使うのだろう。その二つのことを考える度にその言葉しか浮かばない。

その無力感が俺を打ちのめすのだ。

俺は電話を取り、アルトへ連絡を入れると午後一時にアポイントをとった。

電話に出たのは女性で、W&Sの麻川だと名乗ると、担当者は不在だが、直接会社の方へ来てくれればわかるようにしておくと答えた。

戸惑う様子のない返事。

誰かが騙《かた》ったニセの仕事というわけでもなさそうだ。

昼食は訪ねる前に取っておこう。

病院にも行きたいし、今日は簡単にカフェメシで済ませるか。

「麻川さん、午後から出るんですか？」

受話器を置いた俺に背後から声がかかる。

「どうした？　小林」

「今日プレゼンのデモやるんですけど、デニーさんおっかないから、一緒にいてほしいのに」

俺よりガタイがいいクセに、小林は情けなさそうな顔でコーヒーを差し出した。

「ありがとう。デニーは口は悪いけど、俺より優しいよ」

「俺にはまだその優しさはわかんないですね。特に、目が怖くて」

「目？」

「欧米人って正論を吐く時、ガラス玉みたいな目になるじゃないですか。自分の意見にトリップしてるみたいな。俺、アレ苦手なんですよ」

「そういうこと、本人に言うなよ？」

「言いませんよ」

彼は子供みたいに唇を尖《とが》らせた。

「昼、少し早めに出るから、その前にプレゼンの書類持ってきたら見てあげるよ」

「お願いします」

仕事は楽しい。

だから今は全てを忘れて仕事に没頭しよう。

できないことを考えると暗い気分になるから、今自分ができることを一つ一つ片付けてゆこう。

その方が建設的だ。

時折頭を過《よぎ》る、『あの人』のことも。

新しい仕事はきっとそんな自分を奮い立たせてくれるものになるだろう。

そのことに期待して、なるべく前向きでいよう。

今は、それだけが自分に残された道だろうから。


教えられた通りに向かった玩具メーカーのアルトは、思っていたよりも大きな本社ビルだった。

都心の一等地にある細長い印象のガラス張りのビル。

ブルーグレーの建物の入口には、俺でも知っているアルトの人気キャラクターの巨大な人形が飾られている。

中に入ると曲線を利用したフロア、正面には揃いの制服を着た受付の女性。磨き上げられた床に高い天井。

壁のガラスケースにはここの商品だろう、様々な玩具が並んでいる。中にはレトロなブリキの玩具もあった。

まるでちょっとしたパビリオンのようだ。

ひょっとしてこのスペースが依頼のあった場所なのだろうか？

怪しまれない程度にゆっくりと辺りを見回しながら、俺は正面の受付へ歩み寄った。

「いらっしゃいませ」

笑顔を向ける受付嬢に名刺を差し出す。

「お約束しておりましたW＆Sの麻川と申します。営業の前川さんにお取りつぎ願います」

「W＆Sの麻川様ですね、承っております。少々お待ちください」

丁寧に名刺を受け取ると、彼女は電話を取り、短く相手と会話を交わした。

てっきり担当者の前川という人が出てくるのだと思ったのだが、受話器を置くと、受付の女性自身が立ち上がった。

「どうぞ、ご案内します」

ここはこういうシステムなのだろうか？

珍しいな。

先導され、廊下を進み、エレベーターに乗り込む。

これも不思議なことに、彼女が押したボタンは最上階のものだった。営業が最上階っていうことなのか、それとも会議室や応接室がそこにあって、そちらに案内されるのだろうか？

「どうぞ」

降り立った最上階。

ドアの少ない廊下には観葉植物が並び、人影はなく、ざわめきもない。

それもそのはず、彼女が俺を連れてきたのは営業でも応接室でもなく、社長室だったのだ。

「あの…」

ドアに燦然《さんぜん》と輝く『社長室』のプレート。

「どうぞ、中でお待ちですので」

「前川さんというのは営業の方ではないんですか？　いや、営業じゃなくても、企画とか整備とか、そういう部署の方とお会いするのかと思ったんですが」

「私は詳しくはわかりません。ただ、麻川様がいらっしゃったら、直接社長室へご案内するようにと言われておりましたので」

そう言うと、彼女は深々と頭を下げ、エレベーターの中へ消えた。

どういうことだ…？

小さい会社ならば、社長と直接交渉することはあった。だがこんなに大きな会社で直接こんな上部の人間と会うなんて。

とはいえ、ここで帰るわけにもいかない。

俺は自分の姿を窓に映し、身だしなみを確認してから覚悟を決めてその扉をノックした。

「どうぞ」

柔らかい声に招かれ、扉を開ける。

「失礼します」

中は思ったより小さい部屋で、壮年の男性が座っていたデスクから立ち上がり俺を迎えた。

この人がアルトの社長…、ではないな。机の向きは更に奥へ続く扉のための通路を確保するように部屋の壁に沿って置かれている。

「W&Sカンパニーの麻川界人様でございますね？」

この人は多分社長秘書、といったところだろう。

「はい」

「お待ち申し上げておりました。さ、どうぞ奥へ」

「はぁ…」

何かこう…、いきなり大奥《おおおく》へ迎え入れられる町娘みたいな気分になってきたぞ。

「社長、麻川様がお見えになりました」

重厚な扉が開き、広く、光溢れる部屋が現れる。

「どうぞ」

秘書らしき人はその部屋へはついてこなかった。

門番のように戸口に立って頭を下げたまま、俺に目で入るよう合図し、俺が中へ入ると背後でドアを閉じた。

こうなったらなるようになれって感じだな。

「失礼いたします」

正面の大きなデスクの向こう側、こちらに背を向け、窓の前に立つスーツ姿の男性。

まだ若く見えるが、彼が社長か。

「W&Sの麻川です」

声をかけると、その男性はおもむろにこちらへ振り向いた。

「遅い」

ビリッと響くような声。

「ですが、お約束の時間は……」

「一体君は何時になったら……」

デスクに近づく俺と、振り向いた社長と、互いに顔を向き合わせ、視線が合った途端に空気が凍りつく。

足が震えた。

足だけではない全身に震えが走った。

心臓が早鐘のように鳴り響き、嫌な汗がじわりと湧き出るのを感じる。

どうして…。

どうして彼がここに。

「どうして…、お前がここにいるんだ…」

相手もこの対面が意外だという言葉を零した。

「私が呼んだのは麻川界人のはずだ」

困惑したようにこちらを睨みつけていたのは、今、世界で一番会いたくない男、国木田東秀その人だった。

「…俺が、麻川界人だと申し上げたはずです」

声が震える。

今すぐにでも逃げ出したい。

でも逃げるわけにはいかない。これは仕事だし、俺は『麻川界人』なのだから。

「そんなばかなことが…!」

彼の顔は蒼白《そうはく》になり、固まる。

「お疑いなら、社に問い合わせてくださっても結構です」

大丈夫だ。ドア一枚向こうにはさっきの秘書がいる。

この人が何かしようとしても、声を上げれば飛び込んできてくれるだろう。あの時とは違う、助けを求める声は外へ届く。

…それとも、グルになって隠蔽《いんぺい》されるだろうか。

「では…、結婚式で私が会ったのは誰だ？」

「従兄弟の中川勝紀です」

「どうしてそんなややこしいことを…！」

大きくなった声にビクリと身体が震える。

「仕事で…、帰国が遅れた俺の身代わりを買って出てくれたんです。式に息子が不在だと、反対しているように思われて母が肩身が狭いだろうと…」

「そんなもの、電話の一本も入れれば済むことだろう！」

怖い。

「…国木田さんの家の電話番号など知りませんでした」

声が全身を針のように刺す。

「ホテルへ電話を入れて呼び出せばいい」

「誰を…？　母も国木田氏も式の準備で忙しいでしょうし、俺はあなたのことを知らないのに」

「自分の親戚でも呼べば…！」

彼がデスクを回ってこちら側へ出ようとしたから、思わず後じさる。

怯えが相手に伝わったのか、彼は動きを止めた。

「親戚も、誰が来ているのか聞かされていなかったんです。長くアメリカにいたので、付き合いも疎遠になっていて…。それに、俺が代役が立っていたと聞かされたのは当日現場に行ってからでした」

東秀さんはデスクの向こう側に戻り、椅子に腰を下ろした。

目は真っすぐに俺を見てはいるが、その顔は苦渋に満ちている。

「エレベーターであなたと会った時も、俺はあなたが誰だかは知りませんでした」

「知らないのに覚えていたのか？」

彼の表情が動く、それすら怖い。

「え？　あ、はい。印象的な人だったので…。でも本当にあの時は誰だかわからなくて、他のパーティの参加者かと思ってたくらいです」

怒られるのではないかと言い訳を続ける。怒らせたら、また襲われるかもしれないと思って。

「…父とは会ったのか？」

「以前一度。それに当日、式が終わってから代役を立てたこともお伝えしました。その時に初めてご自宅の住所と合鍵を…。でもあなたの会社の連絡先は聞いてなかったので…」

彼は俺の言葉を一つ一つ噛み締めるように聞いていた。

「病院に花を持ってきて、毎日のように見舞いにきているというのはその従兄弟か、君か？」

「俺です」

「南沢という男は知っているか？」

「……いいえ？　ご親戚ですか？」

「知らないのか……」

知らないといけないことなのだろうか。彼の表情が今までで一番険しくなる。

「……そこにかけろ。私はここから動かないから」

示されたのは来客用のソファ。

逃げ出しにくくなるから座ることに戸惑いは感じたが、今ここできちんと話し合わなければならないこともわかっていたので、彼から目を離さぬようにしながら、おずおずと腰を下ろした。

気まずい沈黙が流れる。

彼はもう一度自分を襲ってくるだろうか？

俺が犯罪者ではなく、義理の弟だと知ってどういう態度に出るつもりだろう。

彼だって、立派な会社の社長なのだから、めったなことはしないとわかっているのに、身体と心に刻み込まれた恐怖が落ち着かなくさせる。

「もう一度だけ聞く。お前は本当に麻川界人なんだな？」

勢いをなくした彼の声に俺は小さく頷いた。

「はい」

「先日、家を訪れた理由は？」

「母達の病院を教えてもらうために訪ねました。お留守だったので、自分の連絡先を記したメモを残しておこうと中に…」

あの時のことを思い出して言葉が詰まる。

「では、ホテルのエレベーターで会ったのは偶然だったと。結婚式で私が会ったのは君の従兄弟で、国木田の家に入ったのは二人の容体を聞くため父の渡した鍵を使って。君は本当に光子さんの息子さんで、麻川界人本人だと言うのだな？」

たった今俺が言ったことを、念を押すように繰り返す。

「…そうです」

それが事実だから肯定すると、彼は長いため息をつき、肘《ひじ》を立てた両手の間に顔を埋めるようにして俯いた。

「…結婚式で顔を合わせてから、親が入院しているというのに連絡もよこさない義弟はどういうつもりなのかと思っていた」

顔を上げぬまま、彼が静かに語り出す。

さっきまでと違い、静かな、力のない声で。

「事故にあった時の父の所持品の中に君の名刺が入っていたから、仕事と偽って君を呼び出したのだ。私に会いにくる暇もないほど仕事に没頭しているというなら、仕事を理由にすればやってくるのだろうと」

どんな表情をしているのかはわからない。

けれど少なくとも、俺への怒りは消えているようだった。

「だが本当は、とうの昔に訪ねてきていたというわけだ…」

泣いているのだろうか、彼の肩が微かに震えている。

いやそんなはずがない。

「そうか…、君が本当に麻川くんだったか…」

東秀さんはポツリと呟いた後、顔を上げた。

突然だったので、やはり一瞬身体が引ける。

それを見て、彼は苦笑した。

その顔に涙が見えないところを見ると、俯いていた時も笑っていたのだろうか？

「そう怯えなくていい。義弟に変なことはしない。…と言っても信じてもらえんだろうが」

「俺が麻川界人だと信じてくださるんですか？」

「私は会社に電話をして麻川界人をよこせと言ったのだ。それに応えて来た人間が別人とは思えん。会社ぐるみで騙ってでもいない限りな」

「そんなことはしません」

「ではお前が、…私の義弟となるわけだ」

彼の笑っていた顔が、一瞬泣き顔に見える。

だがそれは本当に一瞬だけだった。

何かを切り捨てるかのように、すぐにその顔は堅い、統治者のそれとなり、強い眼差しがこちらを射る。

「では、私の義弟に詳しい話をしよう」

「母達の容体なら病院で…」

「そうではない。今現在、君の置かれている状況について、だ」

「俺の…？」

「そうだ」

彼の手が動く。

デスクの上のタバコを取り出しただけだったのに、また身体が震える。

「ここから立ち上がる時には声をかける。ビクビクせずに話を聞け。…努力が必要だったとしても」

「…はい」

東秀さんはシガレットケースから取り出したタバコを一本、形のいい唇に咥《くわ》えると、卓上のライターで火を点《つ》けた。

微かなニコチンの匂いがこちらまで漂ってくる。

「君が望むと望まざると、母上である光子さんが父の妻となった以上、君は国木田の家の人間になった。知っての通り、父はこのアルトの社長で…。ひょっとして、ここが父の会社だということも知らなかったのか？」

「不勉強で申し訳ありません。知りませんでした」

「母親から結婚相手のことは何も聞かされていなかったというのか？」

「母の勤める会社の顧客で、大きな会社の社長さんだということくらいしか…」

信じられないというように、彼が首を振る。

「俺は大学の時からアメリカに留学していましたし、母は職業婦人でした。お互い干渉しないというのが暗黙の了解だったんです」

「それにしてもお前の父親になる人間だぞ？」

「お会いした時に人柄は確認しました。第一、母の選んだ人を俺がどうこう言うことはできません」

「個人主義だな」

「それで上手くやっていたんです」

「悪く言ったわけではない」

ムッとして反論すると、彼は謝罪ともとれる言葉を口にした。

「今まではそれでよかったかもしれないが、これからはそう簡単にはいかない。無関心でいられれては困る」

「無関心だなんて」

「知らないということは関心がないということだろう。だが国木田の人間になったからには、無関心なままではトラブルの原因となる」

「俺は麻川です。国木田の人間には…」

「お前がどう言おうと、他人はそうは思わない」

ピシャリと言い聞かせる言葉にまた身が縮む。

「…我が社は現在あまりいい状態ではない。経営ではなく、敵対的なTOBをかけられているからだ。いや、それは綺麗に言いすぎだな、ハッキリ言えば、乗っ取りを睨んだ嫌がらせを受けている。相手は元子会社のコノミスという会社だ」

「子会社に、ですか？」

「元と言っただろう。とっくに縁は切っている。現在は大手の別会社がバックについて、実質はそちらのグループに組み込まれている。そのコノミスから、犯罪者の脅しのような手口で揺さぶりをかけられているのだ。社長の南沢という男はあまりタチのよくない男で、何をされるかわからない」

南沢…。

さっき俺に『知っているか』と聞いた名だ。親戚ではなかったのか。

「それは、どういうことです？」

「いじめて、弱ったところで引き抜きや資金の提供を申し出るつもりなんだろうな。やり方としてはお粗末この上ない。父の事故も、連中の仕組んだことではないかとさえ疑った」

忌ま忌ましそうに吐き捨てる彼の言葉に俺は身を乗り出した。

「そんな…！」

それを諭すように彼が訂正する。

「疑っただけだ、警察の調べではそういう事実はないようだ。だがそれを疑うような相手だということだ。もしかしたら、お前のところにも何かちょっかいを出してくるかもしれない。お前は今一人で住んでいるのか？」

「え？　あ、はい…」

「ではすぐに国木田の家に越してくるように」

「ち…、ちょっと待ってください。そんな…！」

「引っ越しの費用も何もかも、私が出す。今週末までには…」

「待ってくださいって言ってるでしょう。俺は…」

あなたとは住みたくない、と言いかけて言葉が止まる。

けれど相手はその飲み込んだ言葉を察していた。

「私と住みたくないのはわかる。あの時は…、お前が南沢が送ってきた人間だと思ったんだ。だからついカッとなって…」

東秀さんは気まずそうに視線を外した。

「いや…、言い訳はよそう。私がしたことがどういうことかは自分が一番よくわかっている。すまないことをした」

「それは…」

もう過ぎたことです、とは言えなかった。

今だって、彼の強い視線が自分に向けられると指が震えてしまうのだ。

忘れようと努力しても、忘れることなどできなかった。

「二度とあのようなことはしない。約束する。お前を危険な目にあわせると知っていて何もしなかったら、私は光子さんに合わせる顔がない」

けれど優しげに響く言葉と真摯《しんし》に見える態度に心が動く。

返事はできなかった。彼の言い分はわかるが、素直に頷けるわけがない。

でも胸の奥に恐怖とは違うものもあった。

向き合ったこの人が、記憶の中の彼と違う姿を見せるから。

「…立ち上がるぞ」

律義に一言断ってから椅子を離れた彼が、デスクの横に出て俺を見つめる。

そのまま近づいてくるかと、一瞬膝で拳《こぶし》を握り身構える。

しかしそこで彼がとった行動は予測もしないものだった。

ためらうことなく床につく膝。

手もついて、深々と下げる頭。

「この通りだ」

「何を…！」

立派なスーツを着た、いかにも厳格そうでプライドの高そうな男が、その場で土下座したのだ。

「頼むから、国木田の家に来てくれ。外ではお前が守りきれん」

納得はできない。あの後、俺がどれだけ苦しんだか。

たとえ自分に害をなす相手の手先だと思っていたとしても、あんなことが許されるはずはない。

ああいうことをしようと考えた彼には、そういう嗜好《しこう》があるということだ。

そんな人と一緒に住むなんて…。

なのにその申し出にも、俺はすぐに返事ができなかった。

パフォーマンスではないその行動に、この人が心からすまないと思っているのが伝わってくるから。罵声《ばせい》を浴びせられることも覚悟の上という気持ちがわかってしまうから。

同時に、彼がここまで言いきるほど、その南沢という人物は危険なのだと察した。

「頭を上げてください」

胸が苦しい。

どうしたらいいのかわからなくなる。

「もう…、二度とあんなことはしないと誓ってくれますか？」

「誓う」

顔を上げた彼の表情は真剣で、今だけの芝居とは思えなかった。

…きっとこの人は激情型なのだろう。頭に血が上ると何をするかわからないタイプなのだ。

それは許す理由にはならないが、折れる理由にはなった。

「俺の部屋には…、鍵をつけてくれますか？」

「つけよう」

「家に他に人はいないんですか？」

「光子さんが来るまでは家政婦が来ていたが、彼女が断ったんだ。今は外部から人を入れることはできないが、お前が望むなら以前の家政婦を呼び戻そう」

「俺が家に入らないと、その南沢という男に何かされると本気で思ってるんですね？」

「半分は。残りの半分は世間体だ。外国から戻ったばかりの再婚相手の連れ子と仲が悪いと言われ、痛くもない腹を探られることは南沢に付け込む隙を与えることにもなる」

事務的な答え。だからこそ嘘はないと信用できる返事。

「私だって、お前に一緒に住めと言うのがどれほど無理難題かはわかっている。だが言えた義理ではないが、お前のことが心配なんだ。私はできるだけ家に戻らないようにしよう、だから…」

「そんな、だってあそこはあなたの家じゃないですか」

「私の家ではない」

「え？」

「ああ、いや。私はもうとうに家は出ていたんだ。今は都内のマンションで暮らしている。だがこういう事態になったからには国木田の家を空にするわけにはいかないだろう。仮にも社長代理としてここに座るのだし」

「東秀さんがここの社長なんじゃ……」

俺の言葉の何に反応したのか、彼はハッとしたように顔を上げた。

何かまずいことを言っただろうか？

「父が社長だと今言ったばかりだろう。社長である父が倒れれば私が入るしかない。だがあくまで私は代理だ」

けれど彼は何も言わなかった。

「父の意識が戻り、容体が安定するまででもいい。どうか国木田の家で暮らしてくれ」

そしてもう一度深く頭を下げ、額を床へつけた。

頭の中、様々な感情が巡る。

どんなに頭を下げられたって、許せないことはあるんだとか。悪かったの一言で済ませられないことをしたんですよとか。

でもあの時の尊大さと激しさを思い出せば思い出すほど、あれだけ酷いことをした本人が、言葉にして、態度に示して、謝罪しているということに真摯な気持ちを感じる。

それに国木田氏はそこらのサラリーマンではない。この大きな会社の社長で、母はその人の妻となった。俺はその人の義理とはいえ息子になり、この会社の跡継ぎの一人となってしまったのだ。

母か国木田さんの意識が戻れば、俺が一緒に住みたくないと告げることはできるだろう。そして彼等が許せば、その望みは叶《かな》うだろう。

それまでの間だけなら…。

「…わかりました」

今のこの人を信じてみてもいい。

「俺の部屋に鍵をつけることと、家に人を入れること、母達の意識が戻り出て行ってもいいということになったら俺を自由にさせてくれることを約束してくださるなら…」

「約束する」

「…では、頭を上げてください。『許す』とは言えないけれど、それまでなら我慢します」

冷たい言い方に聞こえるかもしれないが、それが今の自分の最大限の譲歩だった。

「ありがとう」

東秀さんは、やっと微かに口元を緩めた。

微笑みに見えるその顔に、胸が鳴る。

「あなたのためではありません。母達と、この会社のためです」

そんなふうに感じてしまったことを後悔してきつく付け足すと、彼は静かに頷いた。

「…わかっている。私の顔など、二度と見たくないことだろう。だが暫くは我慢してくれ」

東秀さんはそのまま軽く膝をはたいて立ち上がり、ゆっくりと自分の椅子に戻った。

「仕事は…、嘘ですね？」

「いや、それは正式に依頼しよう。だが相手は私ではない方がいいだろう？　今担当者を呼ぶ」

どうしてこの人がそんな切なそうな顔をするのだろう。

辛いのは自分の方で、我慢するのは俺の方なのに。

「石田《いしだ》、話は終わった。前川を呼んでくれ」

インターフォンで人を呼ぶと、彼は肩の荷を下ろしたかのようにほうっとため息をついた。

「今担当者が来る。仕事の話はそいつとしてくれ。引っ越しのことに関しては…、外にいる秘書の石田に聞いてくれ。私と話をしたくないだろうから。ただ、携帯の番号くらいは石田に伝えておくように。私の番号は…、いや、それも石田に聞け」

自分のしでかしたことを悔やんでいるのだとしても、彼が傷付いているように見えるのは狡《ずる》い。

そんなふうに、苦しんでいる表情を見せるのは狡い。

彼は加害者なのに。

「失礼します、前川です」

痛めつけられたのは俺なのに。

彼に優しくできなかった自分が、悪いように感じさせるなんて…。


「じゃ、麻川はそのアルトって会社の御曹司になったワケか？」

御曹司なんて、日本人でも今時あまり使わない単語を使いながらデニーは大仰に驚いてみせた。

「すごいじゃないですか、アルトっていえばこの玩具不況を乗り越えたことで有名な会社ですよ？」

小林の方も手放しで驚きを示し、コーヒーを渡してくれる。

「親が結婚したから便宜上そうなっただけだよ。俺があっちの会社に入るわけでもないし、籍だって別だ」

だが二人の態度は自分にとって重荷だった。

彼等はすごいことだと喜んでいるが、俺にとってそれは不快な出来事なのだから。

「どうしてです？　だって親が結婚したら自動的に息子になるんじゃないんですか？」

「俺はアメリカにいる間に母親と籍を分けたからね。保険も年金も、世帯主は俺だ。だから名前も今まで通り『麻川』で通す」

あの男と兄弟になどなりたくない。

一緒に住みたくなどないのだ。

その理由を告げられないから、言葉にはしないが…。

「でも一緒に住むんなら周囲はそう見ないでしょうね」

「向こうサイドの人間と知り合うつもりはないよ。寝に帰るのが国木田の家になるだけのことだ。

それも、両親の容体が安定するまでのことさ」

「いっそ居座っちゃえばいいのに。そうすれば遺産だって…」

「小林」

明るく言い放つ小林にデニーが一喝する。

「ご両親が入院しているってのに、縁起でもないことを言うな」

「…すいません」

「いいよ、デニー。小林だってそういう意味で言ったんじゃないと思うし」

明るい陽光に満ちた月曜の会議室。

手の中の熱いコーヒー。

今一番くつろげる場所は会社だった。

引っ越ししたのは先週の週末のこと。

と言っても、あくまで両親が入院中の『一時的』なことだとして、会社の用意してくれたマンションはそのままキープしてもらうことにしてある。家賃を払うことにはなるけれど。

当日の立ち会いはあの秘書の石田さんがしてくれた。

東秀さんは顔を見せにもこなかったが、自分にとってその方がありがたかったから、それは不義理ではなく彼の心遣いだと思うことにした。

心遣い…。

俺のために用意された部屋は、窓の大きな、玄関に近い部屋。これも俺が何時でも危険を感じたら逃げられるという配慮なのだろう。

俺が引っ越した時には既にドアに新しい内鍵が取りつけてあり、新品とわかるベッドとデスクが置かれていた。それだけではない、新品のパソコンや、簡単な着替えや、生活に必要と思われるものの全てが備えつけられていた。

聞くまでもない、それは全てあの人が用意してくれたものだ。

夜の十時まではあるけれど、家政婦の女性もいた。

約束は守られている。

気を遣ってもらっている。

彼の言葉にしない優しさを感じ、感謝はする。

でも俺はあの家でくつろぐことはできない。くつろぎたくない。

「俺も日本人の奥さん貰っただろう？　日本のシキタリは面倒だよ」

「しきたりって、何です？」

「アメリカじゃ、ダディとマミーにキスして挨拶は終わり。手土産だって、奥さんの手料理程度で十分。でも日本じゃ高級な店の包み紙が必要なんだろう？　そのくせ、理由なくプレゼントをするのは勘ぐられるって言われるんだぜ？」

いかにも不満、という顔で言うがそれが当然だと思っている俺と小林は笑うしかなかった。

「ましてや金持ちっていうのは色々あるんだろう。兄さんってのは優しいかい？」

その問いにはどう答えていいかわからない。

「親切であろうとはしてくれるよ」

「どういう意味？」

「まだあまり話していないから、人となりはわからないんだ。それに、あちらの家に呼ばれたのはちょっとしたゴタゴタがあるからで…」

「ゴタゴタ？」

本当は小林の抱えている仕事のために集まったというのに、昼休みが近いということもあって話題が俺のことに集中する。

あまり歓迎したくはないのだが、引っ越ししたことは伝えなければならないし、そうするとどうして今更引っ越したのかも説明しなければならないから仕方ない。

東秀さんのことも聞かれたくはないので、意識的に俺は話題を例のトラブルの方へと導いた。

「何でもコノミスって会社が乗っ取りを仕掛けてきているらしいんだけど、あまりタチのいい人間じゃないらしい。もしかしたら、俺にも何か被害が出るかもしれないからってことなんだ」

「被害？　相手はギャングか？」

「デニーさん、日本で『ギャング』は死語です」

ちゃちゃを入れた小林の頭をデニーが軽く小突く。

「わからないな。でも、東秀さんは両親の事故もその連中のせいじゃないかと疑ったらしいから、暴力的な人間であることは確かだと思うよ」

「兄さんが神経質で考えすぎってことは？」

「激情型だとは思うけど、思慮に足りない人だとは思えないな」

「じゃ、リアルに危険なわけだ」

「警察に届ければいいのに」

今度は真面目に言ったのだろうが、小林はまたデニーに頭を叩かれた。

「子供相手の仕事をしてる会社が、簡単に警察沙汰《ざた》になんかできるわけないだろ。ましてや確証があるわけでもないのに。ウチで同じことが起こったって、すぐ警察には届けられないぞ」

それが痛かったのか、ポーズなのか、小林は叩かれて乱れた髪を撫でさするように整えた。

「どうしてです？　俺なら身の危険を感じたら警察届けますよ？」

「じゃ、聞くが。お前取引先が暴力的な妨害を受けてると知ってそこと仲良くしようと思うか？大抵は自分が巻き込まれないように距離を置くだろう？」

「…それは、まあ」

「そこの会社でなければダメな仕事、古くから付き合いのあるところ以外はトラブルのない会社へ鞍替《くらが》えするだろうな」

デニーの言う通りだ。

被害者が自分だったら、そんなことは気にしないでほしいと思うだろう。友人だったら、気にしないでいられる。だが、実際会社関係となるとそんな綺麗事では済まされない。

自分達にいわれのないことので被《こうむ》るリスクは減らしたいと思うものだ。

それがイメージを守りたい玩具メーカーであるなら、反応はより顕著だろう。

だから、あの人はきっとこのことを誰にも相談できずにいるに違いない。たった一人でそんな危険なことに対処しているのだ。

…心配してやる必要なんかないけど。

「コノミスか…。少し調べてやろうか？」

デニーの言葉に、俺は首を振った。

「いいよ。国木田の家の方は警備会社を入れてセキュリティーを万全にしてくれたようだから、大丈夫さ」

俺が簡単に家の中に入れたということがあったからか、今では防犯システムが完備されている。それは引っ越した時にセキュリティーの解除キーを渡されたことで知った。

「ならいいが…」

「ちょっと調べれば、俺が向こうの会社とは関係ないってことぐらいわかるだろう。それでも何かされるようなら、本当に警察に訴えるさ」

「それでウチのイメージは大丈夫なんですか？」

「俺個人の問題だからね、我が社は関係ないよ」

「…そんなもんなんですかね？　俺には違いがわかんないなぁ」

「小林がガキなんだよ。もっと社会ってもんを勉強しろ。だからお前のコーディネートは詰めが甘いんだ」

「酷いな、それは関係ないじゃないですか」

ちらりと見ると時計の針は、昼休みに入ったことを示していた。

そろそろこの話題から離れてもらいたくて、俺はそれを口にする。

「さて、お腹減ったし、食べにいこうか。小林への指導は休みが終わってからだ」

「そうだな。麻川の問題と違って、こいつのは貴重な昼休みを無駄にするほどのことじゃない」

「デニーさん」

態度はきついがデニーが小林を可愛がってるのはわかっているから、俺は二人を笑って見守った。

　これで結構彼等はいい関係なのだ。

「休み時間中はオフタイムだから、せいぜい優しいアドバイスを貰うといいさ」

「麻川さんは行かないんですか？」

「病院の方へ顔出してくるから」

「ああ」

　小林が手を差し出し、空になった俺のコーヒーカップを受け取る。

　こういう細かく相手を気遣うところがあるから、多少経験値が足りなくても、彼に期待できる。

相手を思いやる仕事ができるだろうと。

「それじゃ、また後で」

　二人に軽く手を振って会議室を出ると、俺は日課となった病院へ足を向けた。

　様々な問題があるけれど、今一番解決してほしいのは両親のことだ。

　意識が戻れば何とかなると言われていたけれど、実際はそんなに簡単なことではなかった。

　先週、母は意識を戻した。だがそれは時折目を開けて声を発せるという程度で、会話ができる
というほどではない。

　俺が自分の身の振り方を相談できるようになるまでは、まだ何日もかかるだろう。

　国木田さんにしても、一度目を開けたという報告は受けたが、俺はまだあの人の目を閉じた姿

しか見ていない。

容体は回復に向かい、大きな後遺症は出なさそうだとは言われても、二人が若くないことも気にかかる。

そして二人が元気になってくれなければ、俺はずっとあの家で暮らさなければならないのだ。会えば、身体が震えるほど緊張してしまうこんな状態のまま。

会わなくても、同じ屋根の下にいると思うだけで意識して、彼のことばかり考えていた。今何をしているのか、何を考えているのか、仕事は大丈夫か、食事はしているのか。

一番忘れたい男のことばかりを…。

だから、心から二人の身体を気遣うのとは別に、自分のためにも早く元気になってほしいと祈っていた。

二人が健康になり、南沢という男の問題がクリアになれば、自分はあの家を出て行ける。東秀さんという呪縛から離れられる。

全てが早く終わって、彼と距離を置かなければ、俺はあの人に別の感情を抱いてしまうかもしれない。それは許せないことだ。

だから、解放の日を、二人が戻ってくる日を待ち望んでいた。

彼から、早く逃げ出せるようにと。

国木田の家にいる家政婦さんは、母の結婚が決まるまでここに通っていたという人だった。

だから、母のことも知っていたし、この家の事情にも詳しかった。

「仕事を辞めてからは息子のところに世話になってたんですけどね。国木田のだんな様の一大事でしょう？　暫く隠居が遠のいてもいいと思ったんですよ」

と笑って俺に言ってくれた。

頭の白い、恰幅《かっぷく》のいい赤木さんというその女性は、快活で、どこか母に似ていた。

国木田の家に入ってから心配していたのは、どういう顔で東秀さんとテーブルを囲んだらいいのかということだった。

第三者がいる前で、彼に対する怯えを隠せない自分が、彼と何を話せばいいというのか。

だが、それは心配するほどのことではなかった。

毎朝、仕事を理由に彼は部屋で朝食を摂って出掛け、夜は俺が部屋に入ってから戻ってくる。

俺を避けるかのようなすれ違い生活なのだ。

ありがたいと言えばありがたいことだが、どうもしっくりはこなかった。

避けるべきは自分の方なのに、と。

ただ詫びとでも思っているのか、この赤木さんづてに何度か花や菓子の土産は渡されたところをみると、謝罪と後悔はあるのだろう。

今の状況がありがたい自分としては文句などないが、会えないとなると一度だけでもちゃんと顔を合わせたくなる。

贈り物の礼くらいは言いたいし……。

代わってこの家で俺の話し相手を務めてくれたのは、赤木さんだった。

「会社の方、大変なんですよ」

気さくな彼女は、俺が一人で夕食のテーブルにつくのは寂しいだろうと、毎晩のように声をかけてくれた。

お陰で、わざわざ東秀さんに聞くまでもなく、俺も色々なことを知ることができるようになったというわけだ。

「南沢って男はね、元々だんな様の部下だったんですよ。しかも遠縁に当たるとかで、時々ここにも来てたんです。ただあまりにもやることが荒っぽいんで、今は縁を切られてるんですけどね」

洗いざらしの割烹着《かっぽうぎ》を纏った赤木さんは、食後のお茶を入れながら少しずつ色んなことを教えてくれる。

「どこをどうしたか、いつの間にか子会社の方に潜り込んでて社長ですって。コノミスっていうのはもうウチから独立していてだんな様に人事権はないから文句も言えないし」

「赤木さんはその南沢って男は嫌いなんですか？」

「嫌いですね。界人様も近寄らない方がいいですよ。ロクなことになりゃしませんから」

広く大きなダイニングで、この家の血縁でもない人間が向かい合わせで座るというのも奇妙な気分だった。

だが彼女の明るさは自分にとってありがたい。

そして情報も。

「ここへは金の無心に来たこともあって、だんな様に手ひどく追い返されたんです。きっとそのことを逆恨みしてるんですよ」

「東秀さんが俺をここへ呼んだのは、その男のせいだって聞いてますか？」

「ええ。私にも十分に気をつけるようにっておっしゃってましたから。でもあんな男、どうせすぐ別のことで警察のご厄介になるに決まってます。心配なさることはないんですよ」

どうやら、南沢という男は相当評判が悪いようだ。

反対に、彼女が語る東秀さんは、自分の受ける印象とは全く違う人間だった。

「坊ちゃんも大変ですよ、あんな男に振り回されて。もしあいつがいなけりゃ社長になんかならなくてよかったのに」

「ならなくてよかったって、東秀さんは一人息子だからなるのが当然なんじゃ…」

「坊ちゃんはウチの会社に勤めていたわけじゃないんですよ。大学を卒業してから身分を隠して全然別の会社に入ってらしたんです。会社を継ぐかどうかだってわからなかったんですから」

「どうして？」

「今時の会社は世襲制じゃないですからね。今回だって、だんな様がお倒れになっただけなら、重役会で代理を務めることもできたんです。でも南沢のことがあったでしょう？　だから社長の椅子が空いたままじゃまずいってことで呼び戻されたんです。他の人間じゃ争いのタネになるからって」

「でもそれじゃ、東秀さんの社長の椅子は安泰ってわけじゃないんですよね？　もし社長が戻ってきたら、あの人はどうするんです？　元の会社に戻るんですか？」

「戻れるわけがありませんよ。退職しちゃったんですから」

「それじゃ…」

「だからお可哀想だって言うんです」

家の都合で引き戻されて、国木田さんが復帰してもしなくてもいつかはあの椅子から降ろされるってことか？

それは酷い。

「まあ今実績を上げられれば、そのまま会社には残れるでしょうけど。元社長の肩書は残りますからねぇ、他の人だって使いづらいでしょうし、坊ちゃんもいづらいでしょうし。どうなさるのか…」

「東秀さん、何の仕事をしてらしたんですか？」

「事務機器の会社ですよ。そこで若いのに課長さんだったって」

事務機器。

どういうところかはわからないが、玩具メーカーよりあの人には似合ってる感じがするな。

でも課長ということは、彼の上にもまだ上司がいたということだ。そっちは想像しにくいな、あの人が他人の命令で動く、なんて。

「今だって、朝から晩まで働いて、あれじゃお身体を壊してしまいますよ」

そこまで言うと、彼女は俺を見てにこっと笑った。

「でもこれからは界人様がいらっしゃるから大丈夫ですね。お年も近くていらっしゃるし、東秀様もいいご相談相手ができて。一安心ですよ」

その笑顔が胸に刺さる。

自分は彼の相談相手になどなる気はない。

というか、近づくことさえ憚《はばか》られるのに。

「俺は国木田さんの会社に入るわけじゃないですから」

謙遜《けんそん》ではなく事実として言ったのだが、赤木さんはそう取ってはくれなかった。

「それがいいんじゃありませんか。違う立場だからこそ、話し合いもできるってもんです。ご結婚なさるまでだんな様は仕事人間でしたし、早くにお母様を亡くされて、坊ちゃんもあれで苦労なさってるんですよ。一人で何でも抱え込んでしまうし。でも優しい方なんですよ」

優しい人、か…。

そんな人が侵入者というだけで見知らぬ人間を強姦するものだろうか。

彼女は随分前からここに通っているというから、きっと東秀さんを自分の子供のように思っているのだろう。

だからつい、いいように見てしまうのかも。

彼女の語る東秀さんは、『誠実で、ちょっと無骨な印象さえある立派な人』だ。現実は、愛想のない自己中心的で激情型の強姦魔なのに。

敢《あ》えて彼女に反論はしないけれど…。

夕飯が済むと、俺は彼が戻る前に風呂を済ませ、部屋へ引きこもる。彼女は時間いっぱいまで細々とした雑用をこなして勝手に帰ってゆく。

すると暫くして車の音がし、東秀さんのお帰りとなる。

もちろん、俺は出迎えなどしなかった。

彼と顔を合わせる回数はなるべく減らしたいというのが本音なのだから、当然だろう。会いたいと言ったたって、それはもっと明るく開けた場所で、だ。

この家で二人きりになるのはまだ怖い。

ダイニングに用意された夕食を彼が食べ終わるまでは、絶対に部屋から出ることはなかった。

あの時の出来事が、魔が差したものなのだとしても、記憶からそれが消されるわけではない。

彼が真摯に謝罪しても、なかったことにはできない。

だから、与えられた広い部屋で仕事をしながら眠るまでの時間を潰す。

事務仕事をするにはちょっと暗い照明だったから、自分で買って持ち込んだライトは、この豪《ごう》奢《しゃ》な部屋ではちょっと浮いていた。

まるで自分のように。

母さんが国木田さんと結婚すると言ってきた時、随分簡単に言うものだと思った。

俺が中学の時に父さんが亡くなってから、もう随分経つ。

その間、母に縁談がなかったわけではない。

けれど母は、あんまりピンとこないし、一人の方が楽だからと全て断っていた。

男手が欲しくなかったわけはない。

だから、俺が八年も不在だったことで、寂しさから相手を見つけたのだと思っていた。相手が金持ちの社長さんで、ちゃんと正妻として迎え入れてくれるから、子連れではあってもお互い息子は独立してるから。

だが、あのしっかりした母のことだ。

国木田さんと結婚するということがどういうことかわかってはいたんだろう。

豪邸や、会社の敵や、跡取りのこと。きっと考え、悩んだに違いない。それでも、難しい問題を全て引っくるめて国木田さんと一緒になることを選んだ。

そんなこと考えもしなかった俺と違って。

知らないのは関心がないことだ、と俺を断罪した東秀さんの言葉を思い出す。

あの時は人の家庭の事情も知らないで、とムッとしたが、こうしてじっくり考えると彼の言っていることは正しい。

母さんのことは好きだ。

けれど遠く離れて煩わしさがなくていいと思っていたのも事実。

もしも側にいたら、母さんは俺に結婚の相談をしてくれていただろう。

そうしたら、国木田さんとももっと話をして、こういう事態になっていたことを事前に知ることができたし、東秀さんとも顔合わせをしてあんな事件も起こらなかった…。

俺は、知る努力をするべきだった。

ひょっとしたら、今起きてることの全ては、自分が原因かもしれない。

「ああ、やめた」

考えがマイナスに向かい始めたから、俺は仕事をしていた手を止めた。

この家にいるから悪いことばかり考えるのだ。

いや、そうやって何かのせいにすること自体、自分が悪い方向に向かっているのかも。

「…一時か」

戻ってきた東秀さんも、もう食事を終えて部屋へ戻っているだろう。

俺はノートパソコンの電源を落とし、立ち上がった。

キッチンでコーヒーでも飲もう。

眠れなくなるかもしれないが、気分は落ち着く。

そう思って廊下へ出た。

家の中は静まり返っていて、薄気味が悪い。

広い家っていうのはこういうところが嫌だな。

『ご結婚なさるまでだんな様は仕事人間でしたし、早くにお母様を亡くされて…』

ふいに赤木さんの言葉が蘇り、小さい頃の彼のことを思った。

大人の東秀さんは嫌なヤツだけれど、子供の頃の彼はこの広く寂しい家でどんなふうに過ごしていたのだろう。

自分は母と二人きりではあったけれど、人付き合いのいい母のお陰で家はいつも賑《にぎ》やかだった。

金持ちではないから、来訪者が自分達に見返りを求めてるのでは、なんて勘ぐる必要もなかった。

それに、家の大きさが全然違う。

留守番して置いていかれても、窓からは通りをゆく人の姿が見えたし、近所の人に手を振ってもらうこともあった。なのにここでは人の姿どころか道路すら見えない。

きっと、寂しい思いをして育ったから、あんな人間になったのだ。そう思うと、子供の頃の彼には少しだけ同情してあげたかった、同じような身の上の子供として。

そんなことを考えながらリビングへ向かうと、部屋から微かな明かりが漏れてるのに気づいた。

「起きてる…？」

ガラスのドア越しにそっと中を覗《のぞ》いてみるが、フロアランプだけが薄暗く灯《とも》るその部屋に彼の姿はない。

ダイニングへ続く扉が細めに開いていて、そこからも明かりが零れているところを見ると、あちらにいるのだろうか？

まだ食事をしている？　それとも単なる電気の消し忘れ？

確認するため、俺は音を立てないように注意してドアを開けた。

物音はない。

「つけっぱなしで寝ちゃったのかな」

それでもまだ警戒し、足音を消して部屋へ踏み込む。

耳に届く音は何もなかった。やっぱり電気をつけたまま部屋へ戻ったようだ。

そう思ってソファの後ろを通り、ダイニングルームへ向かおうとした俺は、手をかけていたソファへ目を落とし、ギョッとした。

いた。

スーツ姿もそのままに、東秀さんがそこに横たわっている。

テーブルの上の飲みかけのコーヒー。

手から零れたように床に散る書類。

微かな寝息。

明らかに仕事をしながら眠ってしまったという様子だ。

疲れているのか、こんなに近くに俺がいるというのに、微動だにしない。

…でもだから何だって言うんだ。

俺はこの人にはもう近づきたくないんだ。

このまま見なかったことにして部屋へ戻ってしまうべきだ。

けれど…。

俺はそうっとその顔を覗き込んだ。

目を閉じていると、険しいと思っていた彼の横顔はどこかあの優しげな国木田さんに似ている。

照明のせいか、その顔も少しやつれているように見える。

この姿が、彼を初めて見た姿だったら…。

後悔にも似た切なさが胸を過り、俺は視線を逸《そ》らせた。

今まで違う会社で違う仕事をしていたのに、いきなり社長というのは大変なことなのだろう。

帰りが遅いのは俺を気遣ってのことだとばかり思っていたが、それだけでもないのかも。

『坊ちゃんもあれで苦労なさってるんですよ。一人で何でも抱え込んでしまうし』

いけないな…、すっかり赤木さんの言葉に洗脳されてる。

こんな悪人が、ちょっと可哀想に見えるなんて。

社長って、何をするものなのだろう。

豪華な椅子に座って、下からの報告を受けているだけのものじゃないくらいはわかる。

現役の社長が突然事故にあったら…。

もし自分の取引先の会社でそういうことが起こったら、俺はきっと上司に一旦取引を見合わせましょうと言うだろう。

金融関係も、取引先も、その人が社長でいるから信頼して仕事を頼んでいるのだ。それが突然、息子だというだけの二十代の若造に替わってしまったら、みんなが手を引くだろう。

それをくい止めるためには虚勢も張らなければならないし、挨拶に回ったり、資金繰りに出たりしなければならないだろう。新しい社長でも会社は上手く回っていると誇示するために。

朝、俺が出る時にはガレージから消えている彼の車。夜は赤木さんが帰ってから戻ってくる。

ここで襲われた時は早い時間に家にいたようだが、あれは偶然が重なったということか。

彼はずっと、一人で仕事をしているのだ。

失敗しろと思ってる連中と、失敗しても自分の責任ではないと思ってる連中に囲まれて。こんな、疲れて泥のように眠ってしまうほど。

「…許したわけじゃない」

俺は自分の部屋へ戻ると、毛布を持ってリビングへ戻った。

これは仕事に追われている人間に対する敬意と同情だ。

決して東秀さんのしたことを忘れてあげるわけじゃない。

今この人が風邪などひいて倒れたら、アルトという会社が大変なことになるから。ひいては国木田さんや、母さんが戻ってきた時に問題が起こるかもしれないからだ。

そう言い聞かせて横たわる彼の身体に毛布をかけてやった。

余程深い眠りなのか、それでも彼は目を覚ますことなく、ぐっすりと眠り続けている。

これなら安心だと、今度はソファの反対側へ回って、落ちた書類を拾い上げてテーブルの上に載せてやった。

殆どは売上や工場の生産ラインに関する報告書のようだったが、その中の『南沢』の名が記されているものに目が留まる。

これは自分にも関係のあることだからと、悪いこととは知りながら目を落とす。

誰かからの報告書らしく、紙にはタイプ打ちされた文字が時系列に沿ってズラリと並んでいた。

それによると、コノミスの南沢という男は会社の社長というよりもチンピラと言った方がいいような行状だった。

かなり前から、いやがらせの電話、工場侵入、脅迫状、ストーキング、重役の許に女性を送り込んできたり、偽造手形で会社を脅したり。

犯罪として立証が可能と見られるようなことまでやっている。

特に偽造手形の一件は、手元に手形が残されているので立件が可能と記してあった。それが事実なら、もう暫くすればこの一件は終息するだろう。

そうすればこの人も少しは楽に…。いや、俺がここを出て行けるということだ。

「ん……」

身じろぐ彼の声に驚き、俺は書類を置くと慌ててその場を離れた。

ああいう男が周囲をうろついているというなら、彼が俺を手元に呼び寄せたのはわかる。

住居侵入をしたと誤解した俺のことを、南沢の回し者と思い込んだことも頷ける。

「でも、それが俺を襲っていいという理由にはならない…」

彼を『いい人』にして自分の心の中の傷を癒したいからなのか、赤木さんの言葉に流されたのか、少しだけ彼を恐れる心が鈍ってゆく。

彼を恐れる理由は一つだけで、それ以外は認めるべきではないのか？　彼だって、あの事を後悔してるのかもしれないと思い始めている。

もう少し、自分は彼のことを知った方がいいのだろうか。

あれが普段の彼ではなく、もっと別の面があるのだろうか。

たとえ許さなくても。

この身体の中に残る忌まわしい恐怖を打ち消すためにも、これから彼と兄弟として一生の縁を

続けるためにも…。

もう少しだけ、俺は東秀さんに歩み寄るべきなのかと、思い始めていた。


東秀さんのことを知ろうとしても自分にはその術は限られている。

俺と彼との接点は殆どなく、本人と話をするのはまだ戸惑いがあった。

となると情報源は赤木さんとなるのだが、彼女の口から語られるのはあくまで『いい坊ちゃん』でしかない。

そこで俺は仕事の時、担当者であるアルトの前川さんにそれとなく話を聞いてみた。

彼は俺が社長の新しい奥さんの連れ子だということを知っていたから、問いかけには何でも答えてくれた。

「社長代理？　ええ、みんなは驚いてましたよ。若いのによくやるなって。正直、社長の息子が入るって知った時にはどんなもんかって思ってたんでしょうね」

「みんな、ということは前川さんは驚かれなかったんですか？」

「俺は以前から社長のお宅で顔も合わせてましたから。愛想はないけど真面目な坊ちゃんだって知ってました」

正確な年齢はわからないが、前川さんは俺より十は上だろう。だとすると学生時代ぐらいから彼を知っているのかも。

「若すぎるとか、社内でトラブルとかなかったんですか？」

「ないですね。国木田社長はワンマンでしたから、あの人に取って代われる人間なんていません。誰が代役に入ってもあの人と比べられるのは嫌でしょう。それに、噂《うわさ》はあったから」

「噂？」

「彼が社長に就任するんじゃないかって。もちろん、もっと後の話ですけど」

「世襲制、ですか？」

「そうじゃないです。ただ、息子の東秀さんはスキャンダルがない。実質経営をさせなくても、頭に戴《いただ》くにはいい存在なんですよ。会ってみて思いませんでした？　押しの強い人物だって」

「いえ、実はまだゴタゴタして、ゆっくり話をしたことがなくて…。だからどんな人なのかなと」

前川さんは、『ああ』としたり顔で頷いた。

「取引先として新社長が知りたいというより新しい兄弟のことを知りたいんですね。この年になってできる兄弟っていうのは、近寄り難いですから。でも大丈夫、とっつきは悪いけど、いい人ですよ」

『いい人』か…。

誰も彼もが俺の知ってる東秀さんとは違う姿を口にする。

怖そうに見えても、中身はよき人物だと。

「大学もいいところを出てるし、礼儀も正しい。ちょっと前までは別の会社に勤めてたけど、アルトの社長の息子であることは内密にしていたのに出世コースに乗っていた。仕事も慣れてないからと、誰よりも早く出社し、誰よりも遅くまで働いてる。かと言って国木田社長のように一人で決裁することもなく、大きな案件は重役会議にかけてる。多分、上層部も一目置いてるんじゃないかな、君のお兄さんには」

「褒めすぎじゃないですか？」

と言うと前川さんは笑った。

「悪いところも聞きたい？」

「おっしゃり難いでしょうが」

「まあそうだね。悪いことを言うとお兄さんに伝わりそうだ」

「そんなことしません」

「じゃ、一般論として言うと、言葉数が足りない人だね。説明不足なことが多い。秘書の石田さんがフォローしてらっしゃるけど。そういう点では日常生活でトラブルもあるんじゃないかな」

それはあるかも。

「でもベラベラ喋《しゃべ》る男よりはいい」

付け足された言葉は、今のは悪口ではないというフォローだろう。

上司の家族に悪いことを話すわけがないから、引き出せるのはこれくらいか。

「恋人とかいないんですか?」

「いないんじゃないかな。いたらあんなに仕事はしてないさ」

「ひょっとして男の方が好き…、とか?」

遠慮がちにした質問に、相手は吹き出した。

「何でそんなことを?」

「いえ、女の人と一緒にいらっしゃるところを見たことがなかったので。ジョークですよ」

「ああ、ジョークですか。そういうタイプには見えないなぁ」

前川さんは笑い飛ばしたが、まずかったな。

日本はアメリカよりゲイに対する警戒心がある。めったなことは言わない方がいいだろう。

「麻川さんはウチの会社に入らないんですか? 社長の息子になったんですし、お兄さんをサポートしてあげれば?」

窺うような視線に、俺はキッパリとその考えを否定した。

「ありえませんね。せっかく望んでいた会社に入って、キャリアも認められてるんですから。俺はW&Sで十分です」

答えると、彼は少し真面目な顔でこう言った。

「ではあまりお兄さんのことは聞き回らない方がいいですよ。何かを狙ってるように思われますから」

そうか。

そういう考え方もあるのか。

「それは失念していました。気をつけます」

忠告は、会話はこれで終わりにしようという合図でもあったのだろう。前川さんは仕事の書類をテーブルに広げた。

手詰まりだな。

前川さんの口がここで閉じてしまうと、これ以上のことはわからない。

彼のサイドではない人間にも話を聞きたい。

東秀さんのプライベートを知る人間はいないのだろうか？

彼が男性を相手にする人間なのか、すぐに暴力に訴える人間なのか。それを知っている人はいないのだろうか。

人から聞く東秀さんの姿と、実際の彼との違いが出る理由がわからない。

…実際？

そうじゃないな、俺は彼が自分の望む『悪人』の姿を探してるだけだ。

彼がどんな人間だ語る人々の答えが、想像と違うと否定しているだけだ。

でも仕方ないじゃないか。自分が知っているのは、あの時、鬼のような形相で自分の上に乗ってきた男と、己の非を認めて社長室で土下座した社長と、愚痴一つ言わずに働き続け、疲れて眠る姿だけなのだから。

人から聞く話も、自分が見た姿でも、相反する二つの印象を持つ人。

ではどちらが本当の彼なんだ。

先入観をなくして今までの話をまとめると、やはり彼は『いい人』でしかない。

考えれば考えるほど、俺は彼のことが知りたかった。

真面目と言われる人がどうしてあんなことをしたのか、誰に頼ることなく一人で仕事を続けていて身体は大丈夫なのか。

最後に見た疲れた寝顔思い出すと、余計だった。

仕事ぶり自体は上々なのだろう。

誰に聞かなくても、株価の推移を見ればわかる。

国木田さんの事故で一旦下がったものが、今では緩やかながら上がる一方だ。

でも若く、事前の知識も乏しかったと言われる彼がそこまでになるのにはどれほどの努力が必要だっただろう。

休む時間はあるのか？　彼のプライベートは？

その時、俺ははたと気づいた。

彼の周囲に、彼の日常を知る者などいるわけがないのだと。

学生時代の友人は、卒業と同時に疎遠になるもの。俺だって、高校や中学の友達とは手紙のやりとりをする程度で、プライベートに付き合ってると言える人間は殆どいない。

以前勤めていた会社では身分を隠していたというのだから、それがバレた今、昔のように付き合えるとは思えない。

社長として入ったアルトの社員の中に友人なんて、できるわけがない。

彼は、本当に一人なのだ。

一人だからこそあんなにも疲れて…。

もし、あの一件がなかったら。こういう話を聞いて、こんな状況を知って、俺はきっとあの人の力になってあげたいと思っただろう。

新しい家族の力になりたいと思っただろう。

でも今はそれができない。それが当然なのに、俺は罪悪感を感じている。

辛いとわかっている彼を一人にしている自分が、身勝手でもあるかのように思えてしまう。

俺は悪くないのに。

あの人が自分にした仕打ちを考えれば当然で、絶対に悪いはずがないのに。

どうして彼に歩み寄ってやれないのかと思ってしまう。

せめて一言、この間のことはもう気にしないでと言ってやれないのかと。

「言えるわけがない…」

自分が憎かったわけではないのだともうわかってはいる。あれは南沢という人の手先に対してしたことなのだと。

でもだからこそ、誰にでもああいうことをするあの人を、許してやることができなかった。

たとえ、彼のことが心配であっても。

優しくしてあげたいという気持ちが生まれても。

それが彼に近づかないでいるただ一つの砦《とりで》ででもあるかのように、俺はそのことに固執していた。

今までとは違う意味で、彼に近づくのが怖いと思いながら。


その日は仕事が押して、いつもより遅く国木田の家に帰宅した。

赤木さんは既に夕食を済ませていて、久々に一人で取る夕食。

彼女がキッチンで洗い物をする音を聞きながら箸《はし》を動かし、今日立ち寄った病院での母のことを思い出していた。

意識が随分とはっきりし、喉が渇いたと文句も言えるようになった。

国木田さんとも少しではあるが、会話もできた。

心配していた後遺症も出ず、後は体力を戻して回復を待つだけだと医師にも言われ、ほっと一安心といったところだ。

これで、一つ肩の荷が下りた。

二人のことは時間が解決してくれる。

そう思っていた時、突然開くはずのないドアが開いた。

「あ…」

視線が合い、互いに漏らす短い声。

気まずそうに相手から逸らす視線。

現れたのは東秀さんだった。

ダイニングは奥まっていたから車の音に気づかなかった。彼が戻ってくるのはいつももっと遅い時間のはずなのに。

「…おかえりなさい」

同じ家に住んでいるのだからこれくらいはとかける言葉。

彼は一瞬驚き、小さく『ああ』と答えた。

「赤木さん」

だが彼の言葉は俺ではない人間に向けられた。

「あら、坊ちゃん。お帰りなさい」

彼女の一言で、無表情だった東秀さんの顔が一瞬ムッとする。

「坊ちゃんはよしてくれと言っただろう」

怒っている顔ではない。

照れてる？　この人が？

そりゃ、この年で『坊ちゃん』はちょっと恥ずかしいだろうけど。

「はい、はい。すいません。お食事ですか？」

「いや、またすぐに出るから、コーヒーと簡単に食べられるものを」

「はい、かしこまりました」

割烹着の裾《すそ》で手を拭きながら赤木さんがキッチンへ消える。

食事の終わっていない俺と、コーヒーを待つ彼と、当たり前だけど同じテーブルに付く。彼はこちらを見ないように椅子に横座りしていた。

俺なんか見たくないってことか？

「これから仕事ですか？」

俺が声をかけると、彼は怯んだように言葉を詰まらせた。

「…ああ」

俺が声をかけるなんて思ってもみなかったという顔だ。けれど沈黙したままでいるのは奇妙だろう、こんなに近くにいるのに。

それに、いい機会だ。今なら、赤木さんが側にいるし、彼は時間がくれば出て行かなくてはならない。話をしても変なことにはならないだろう。

「大変ですね」

「仕事だからな」

探るようにこちらを見る視線。

険しい顔に見えるが、さっきの照れた様子に気づくと、これも戸惑っている顔に見えてくる。

「食事はしっかり取られた方がいいですよ。またソファで寝て風邪でもひいたら、仕事に支障も来すでしょう」

「あれは…」

彼の耳が微かに赤くなる。強面《こわもて》の彼の恥じ入る様子が、ちょっと可愛いな。

「たまたまだ。少し横になっていただけで…」

言いかけて、何かに気づいたように言葉が止まる。

「…毛布をかけてくれたのはお前か？」

「え？　ええ」

あんまりにも驚いた顔を見せるから、こっちが引いてしまう。そんな大層なことじゃないのに。

「私には…、触れるのも嫌だと思っていた」

それはそうなのだが、肯定はできなかった。肯定すれば不快にさせるだろうし、まだ許してはいないけれど、触るのも嫌というほどではなくなっていたから。

「別に。今倒れられたら、会社が大変だからです」

言い訳すると、やはりなというように彼の肩の力が抜ける。

「そうか…。そうだな」

この人も、俺を意識しているのだろうか。

「あの時、失礼だとは思ったんですけど、南沢という人についての報告書だけは読みました。本当にタチの悪そうな人ですね」

「読んだならわかっているだろう。警察に届けを出した。弁護士も立てたし、これでおとなしくなるだろう」

間にテーブルがあるからか、彼をやり込めることができる赤木さんという第三者がいるからか、心にゆとりが持てた。

「少しは安全になりますね」

だからなのか、僅《わず》かだけれど変化する彼の表情がわかる。

「ああ。出て行きたいなら…」

「赤木さんのことが心配だったんで、ほっとしました」

「赤木さんには通いはタクシーにするように言ってあるから大丈夫だ」

「そうなんですか。息子さんが迎えにきてるんだと思ってました」

「そういう時もあるだろう」

強い眼差しが真っすぐに話す相手を見るから怖いと感じるけれど、それは単に彼のクセでしかないのかも。少なくとも今日はその瞳に怒りも苛立《いらだ》ちも浮かんではいない。

「病院へは行ってますか？」

「帰りに寄ってる。お前も行ってるそうだな」

「俺は昼休みに」

「知っている」

知っていて帰りに寄るということは、避けてくれているということか。

「南沢に警察の手が伸びれば、この家を出て行ってもいいんだぞ」

「出て行きたくなったらそうします。でも今はもう少しここにいても…」

「あら、界人様はここにお住まいになるんでしょう？」

コーヒーを持ってきた赤木さんが口を挟む。

「それはわからない。本人の決めることだ」

「何言ってらっしゃるんです。残ってくださいとお願いすればいいじゃありませんか。せっかくできたご兄弟なんですから」

「…無理を言うのは」

「無理じゃございませんよ。お兄さんに頭を下げられたらまんざらでもないでしょう？」

「赤木さん」

東秀さんは本当に赤木さんに頭が上がらないんだな。

口調は主《あるじ》のそれだが、押されっぱなしだ。

「仕事の都合もあるので、色々考えます。それに、国木田さんが戻れば、東秀さんもマンションへ戻られるんでしょう？」

「かもしれん」

「またそんなことを。だいたい坊ちゃんは愛想がないですからね。弟さんを『お前』呼ばわりなさるなんて失礼ですよ。ちゃんと『界人さん』なり『界人くん』なり、名前で呼ばれればよろしいのに」

「…私に名を呼ばれるのは不快だろう」

拗《す》ねるような口調。

どうしよう。目の前にいる人が本気で可愛く見える。

赤木さんという母親代わりの人がいるせいか、彼の無愛想さが、威嚇ではなく悪ガキのそれに見えてしまう。

「俺はどっちでもいいですよ。お前でも、界人でも」

「…名前を呼ばれるのは不快じゃないのか？」

「兄弟なのに、一生名前を呼び合わないのは変でしょう」

ああ、そうか。

今わかった。初めて社長室で会った時、突然彼が俺の言葉に反応した理由が。

あれは俺が初めて彼の名を、『東秀さん』と呼んだ時だったのだ。

気づくと胸が熱くなる。彼の心の繊細さに。

「…兄弟か」

けれど彼の心の奥まではわからなかった。

ポツリと漏らした一言は、兄弟と言われて嬉しいのか、お前と兄弟なんて認められないという意味なのか。

何も考えていないのかも。

不服そうな響きはあったけど、その目は優しい。

「必要なものがあったら、いつでも言いなさい。すぐに用意させる」

「何もありません。立派な部屋も用意していただいてますし」

「あれを気に入ってお前がここにいてくれるなら、安いものだ。第一、あれでは償いにもならないだろう？」

「え…？」

気に入る…？

「はい、お茶漬けですけどよろしいですね？」

「ああ、十分だ」

食事が運ばれ、彼が箸を取ったので、それ以上何も聞けなかった。

でも『気に入る』って、言ったよな？　この人は俺に気に入ってもらいたいと思っていたのだろうか？　俺の安全を確保するためでなく？

もしそうなら嬉しいと思う気持ちが湧く。

彼も、自分のしでかしたことを恥じるという意味では忘れていないだろうとは思っていた。だから俺に気を遣うのだろうと。

新しい母からの預かりものとしての義弟にも、配慮はしてくれているだろう。けれど、俺個人に対しては謝って終わり、あとは思い出したくないから会わない。仕事が忙しいから帰ってこない。気に入るも気に入らないも関係ないのだと思っていた。

でももしかしたら、彼は俺が会いたくないだろうと考えて避けていてくれただけなのかも。

思えば部屋に用意されていた家具も、高価なだけでなく、俺の使い勝手のいいものばかりだった。

俺が認めようとしなかっただけで、この人はちゃんとずっと俺のことを考えてくれていたのかもしれない。

心の奥底で、声がする。もういいんじゃないか、と。

自分だって、この人が好きなのだろう？

探さなくては、彼を嫌いになる理由が見つからないのだろう？

忘れてはやらない、行為自体は許すことはできない。

でも、この人のことは、許してやってもいいじゃないか。

俺が許しても、きっと本人は忘れないし許さないだろう。彼が自分を敵対者だと誤解しなければ、同じようなことは起こらないはずだ。

それならば…。

「お仕事、一段落したらもう少し早く帰ってきてください。今度は三人で食事をしましょうか」

俺のかけた言葉に今度は顕著に驚きを見せる東秀さんと、もう一度最初から関係をやり直したい。

「あら、いいですわね。それならお鍋なんかどうです？　人数いないとできませんから」

ゆっくりでいい。この人と、構えずに話をしたい。

「…早く戻れる日に、連絡を入れよう」

「素直に嬉しいとおっしゃいませ」

赤木さんに背中を小突かれて顔をしかめる彼となら、普通に付き合っていけるかもしれないと思ったから。

ここからが、自分と東秀さんの関係の始まりなのだと、気持ちを切り替えることにした。

この人が、とても好きになっていたから…。


「それじゃあ、東秀さんとは上手くやってるのね？」

その夜から二週間と経たないうちに、状況は全て好転した。

意識が戻った母は、見る間に回復し、まだたどたどしい言葉遣いながらも不自由なく会話が交わせるようになった。

これが元気の証しだと言わんばかりに、行く度に喋り続ける。

「まあまあだね。時々は赤木さんと一緒に食事をするようにはなったよ。それに、いらないって言うのにお土産も買ってくるし」

リハビリだと思うから付き合うけど、変わらないなあとタメ息をつくこともしばしばだ。

これじゃ、すぐに飛び回るようにもなるだろう。

「東秀くんは感情出すのヘタだからねぇ。贈り物をするのが愛情表現だと思ってるんでしょうね。私と会った時もそうだったのよ」

けれどそのやかましさも、今だけは嬉しかった。ああ、こんなに元気になったんだ、と実感できるから。

「母さんと会った時って？」

「国木田さんと付き合ってからすぐに紹介されたのよ。まあ無口な子だったわね。その上、会う度に睨まれるから、これはてっきり父親の金目当てのはすっぱな女と見られてるなあと思ってたのよ」

「そんな酷い」

「違うの、それは私の誤解。後で聞いたら、この年の女性と何を話していいかわからなくて、緊張してたんですって。自分が変なことを言ったら、父親が嫌われるだろうって」

「本人がそう言ったの？」

「内緒だけど、国木田さんに言ったのを、あの人から聞いたのよ。筒抜けだったって知ったらきっと恥ずかしがるでしょうね」

腕にはまだ痛々しく包帯が巻かれていたが、それ以外は健康と言ってもいいだろう。外見上は。

国木田さんの方が少し重症ではあるが、会話も交わせる。

今は隣の部屋に移されてしまったけど。

「彼は、お父様から厳しくしつけられたから、感情の出し方が上手くないのね。さっきあんたが言ったように、婚約が決まった途端毎日花が届いて、困ったわ」

「嬉しくないの？」

「女性には花って思ったんだろうけど、一人暮らしの女の家に毎日花なんてねえ？　置き場所はないわ、棄てられもしないわで困っちゃったわよ。でもそれを注意したらわざわざ謝罪に来て。深々と頭を下げる姿が可愛かったわ」

「ああ、それはわかる。あの人、普段が怖いから感情が露《あらわ》になると可愛いよね」

「あんたもあれくらい可愛げがあればねぇ」

「親の違いでしょ」

「何ですって？　あ、痛たた…」

俺を殴ろうとして腕を上げた母は、大袈裟に痛がった。骨折した部分は固定されているが、その周囲にはまだ打ち身が残ってるらしいから、そのせいだろう。

「大丈夫？　無理するからだよ」

「もういいわ。国木田さんのとこ行くから、車椅子持ってきて」

言われて車椅子を取りに立ち上がる。

「国木田さん、仕事に何時《いつ》復帰するって？」

足は軽傷だった母さんは、俺が手を貸すまでもなく、さっさとそれに乗り込んだ。

「さあ？　仕事のことは聞かないから。でも二、三カ月は無理でしょうね。いいわよ、その間新婚を楽しむから」

「そんなこと言って。あちらは忙しいんだよ？」

「いいのよ。東秀くんからもそう言われてるんだから。少しは休ませないと」

「東秀さん、何だって？」

「健康になったら休まない人だから、今のうちにご夫婦の時間を満喫してくださいって。彼もあまり調子よくなさそうだったけど。はい、押して」

「歩けばいいのに。その方がリハビリになるよ」

「うるさいわねぇ、少しは母親を労《いたわ》りなさいよ」

隣の部屋までなのだから、押しても何もないのに。でも片方の手がまだ使えないのだから、仕方ないか。

「化粧は？　しなくていいの？」

「しなきゃならないほど、マズイ顔だと？」

「そうじゃないけど、好きな人には綺麗なところを見せたいかと思ってさ」

「そういう時期は過ぎたのよ。気に入ってほしいと思う時はいいように見せたいけど、愛してほしい時にはそのままを見せなきゃ。ほら、ノック」

結婚するってことはそういうことなんだけど、母親の口から『愛してほしい』なんて言葉が出るのは意外だった。

「失礼します」

ノックして、返事を待たずにドアを開ける。

この時間はいつも食事も終えて、テレビか新聞を見ているだけだと知っているから。

「やあ、いらっしゃい」

だが今日は返事を待つべきだったかも。

そこに東秀さんが来ていたから。

といっても彼が苦手だから、ではない。ベッドごと身体を起こした国木田さんの足の上に書類を広げてるところを見ると、何か仕事の話をしていたらしいので、だ。

「お邪魔でしたね、すいません」

国木田さんは首だけをこちらに向け、嬉しそうににっこりと笑った。

「いや、いいんだよ。君がこのくらいの時間に来るってわかっていたから、わざわざこいつを呼んだんだ」

身体はまだ自由というわけではないが、大分顔色がよくなっている。

「父さん。そんなことのために…」

「何が『そんなこと』だ。せっかく息子が二人いるというのに交替でしか来ないなんて。揃って顔を見たくなるのは当然だろう」

東秀さんは言葉に出さなかったが、『それを彼が喜ばないかもしれないから避けてたんですよ』という顔をしている。

片方の眉がピッと上がった後、一瞬こちらを見るからわかるのだ。

「そうですね。俺も四人でこうして顔を揃えるべきだったと思っていたんです」

俺の一言で、その顔が戸惑いに変わる。

あの夜以来、俺はこの人の扱いがわかってきていた。こちらが拒絶を示せば拒絶を見せるくせに、歩み寄ると困ったように戸惑うのだ。照れたみたいに。

最近では、その顔が見たくて俺はわざと歩み寄ったりもしてる。

あんなに彼に近づくのが怖かったのに。今では自分が主導権を握ってるような気分が嬉しい。

「東秀さんがお嫌じゃなかったら、少し話しましょうよ」

「私は別に嫌なことは…」

ほら、彼の方が怯んでる。

「じゃ、いいな。東秀もゆっくりしていきなさい」

俺と国木田さんに言われ、彼は顔を強《こわ》ばらせながら窓際の壁に身を寄りかからせた。

「ごめんなさいね、せっかくの席なのに私まだ車椅子なんかで。上手く動けなくて」

「いや、こっちこそ。ベッドから起きられないからね、お互い様だよ」

「そう言っていただけるとありがたいわ」

義父の一言で、何故歩ける母がわざわざ車椅子に乗ったかを理解した。

まだ身体の動かせない国木田さんのために、自分だって同じようなものだと示したのだ。彼が自分だけが動けない身体だと自分を卑下したりしないように。

母さんも色々考えるもんだな。

「こんな病室の片隅じゃなく、身体が動くようになったら、本当に今度こそ四人で食事をしよう。私がいない間に二人も随分仲良くなったようだし」

向けられた国木田さんの視線に、東秀さんの顔が強ばる。

「そんなのはまだまだ先ですよ、父さん」

なるべくこちらを見ないようにしている姿が妙に痛々しい。気を遣ってくれてるんだな、とわかるから。

「先のことだからって話しちゃいかんというわけじゃないだろう。何をそんなにカリカリしてるんだ、カルシウム不足か？」

「わざわざ仕事の報告に来いなんて嘘をつくようなバカなことをするからでしょう。くだらないことを考えてる間にリハビリでもなさったらどうです」

「リハビリならしてる。お前こそ、その愛想のない顔に笑みの一つを浮かべたらどうだ。界人くんに嫌われても知らんぞ」

「もう嫌われてます」

言った後に失言したというようにふいっと横を向く。その横顔がやはり可愛い。

いや、顔は相変わらずおっかないほど厳しいのだけれど。

「嫌ってはいないですよ。ただどうやって付き合ったらいいのかわからないだけです。でもこれからは時間がたっぷりある。国木田さんも、時間がかかっても完全に身体を治してください。母さんのためにも、会社のためにも」

「ありがとう、界人くん。優しいね。どうして東秀にはそういう言い方ができんかな」

「東秀さんだって、優しいですよ」

「そうよ。あなたがそういう言い方するから、東秀くんだって頑《かたく》なになるのよ。だいたい、お仕事はまだ控えてねって言っておいたでしょう?」

「いや、これは東秀を呼び出す口実に……」

「だったらさっさと書類なんか見えないとこへしまっちゃって、東秀くん。そんなのがあると、すぐに無理する人だから」

東秀さんはその言葉に従うように書類を片付けた。国木田さんもそれに異論を唱えられない。

俺は最初からこの人に逆らえるはずもない。

大の男が三人いても、どうやらこの家の中で一番の権力者は母らしい。

花で飾られた病室。

家族が集まって、明るい声で会話し、笑い合う。

東秀さんだけはまだぎこちなかったけれど、この人もここでは柔らかい表情を見せていた。

こんな日が来てよかった。何もできないことや、打ちのめされた夜を過ごしたことが嘘のようだ。

今では、みんなが語ってくれた東秀さんの姿が真実なのだと思うことができる。無骨で、不器用で、愛想がないけれど、感情の出し方がヘタなだけで決して悪い人ではないのだと。

あの時のことを思い出すと、それだけがぽっかりと浮いたように納得はできないが、いつかはきっと忘れられるだろう。

俺達の間に、個人的な何かがあったわけではない。

あれは誤解だったのだ。

今は無理でも、いつかは忘れられるだろう。

もうはっきり言いきっていい。『あのこと』を忘れてしまえば、俺はこの人のことが好きで、好かれたいと思っている。

真面目で、不器用な人。感情の出し方の下手な人。この人の側にいたい。戸惑いながらではなく、俺を見て笑いかけてほしい。

早くお互いの傷を癒して、もっと親しくなりたい。

だから、俺は目が合った東秀さんに笑いかけた。

俺はもうあなたを許していています。好意を抱いていますというように。

それを受けて戸惑う彼の顔が嬉しくて。

「界人くんも、今の会社を辞めてうちに就職してくれればいいのになあ」

ポツリと漏らす国木田さんの言葉に、東秀さんが反応する。

「くだらないことを言わないでください、父さん。本人の選んだ仕事を軽んじるのは、彼に対し

な」

「そういうつもりで言ったんじゃない。ただ、私は新しい息子も側にいてくれればと思ってだ

俺を守るような言葉にまた彼が好きになる。

「あなたの我が儘《まま》で彼の生活をどうこうしないでください。それに、彼は今の仕事を立派にこなしてますよ。我が社の応接室とショールームはお陰ですっかり綺麗になりました」

真顔で褒められ、今度はこっちの顔が赤くなった。

「あれはデザイナーがいいからですよ」

「こちらの意図が理解されてるのは、間に入ったお前の力だ。華美じゃなくすっきりしているところがとてもよかった」

お世辞が言える人ではないから、素直に嬉しい。

「…ありがとうございます」

「いや、率直な感想だ」

益々《ますます》恥じ入って頭を下げると、彼の方も妙に照れていた。

「ほう、そうかね。では、退院するのが楽しみだ」

「そのためにも、あなたはおとなしくしてらっしゃいな」

男達の会話をしめくくったのは、やっぱり母親だった。

「うむ……」

そして俺と東秀さんは、その言葉に負けて口を『へ』の字に曲げた父親を見て、顔を見合わせると静かに微笑《わら》った。

これからはずっと、こんな時間が続くだろうと思って。


すっかり家族としての生活に慣れ、いい時間を過ごしていた俺の生活に再び波風が立ったのは、一人の来訪者のせいだ。

早いとは言えないが、定刻に戻ってきた東秀さんと一緒にテーブルにつくことが当たり前になった夕食。

俺は東秀さんに警戒しなくなった。彼もまた俺の前で緊張することもなくなった。

短い言葉も交わすようになったし、彼の顔に笑みが浮かぶこともあった。大半は赤木さんの言葉が原因だったけど。

早く、俺にだけ微笑みかけてくれるようになってくれればいいのに。

出会った時から男前だと思っていた彼の彫りの深い容貌《ようぼう》を見つめ、鼻筋が通っているなとか、眉の形がいいけど眉根が近いから怒ってるように見えるんだなとか。

食べ物の好き嫌いはけっこうあって、それを料理の中に発見すると一瞬箸が止まるけれど、早いうちにまとめて口にほうり込むのだとか。

今まで正視できなかった時には気づかなかった彼の様子を見ることが楽しかった。

最初の頃とは違う意味で、いつも彼のことばかり考えて、目で追ってしまう。側にいれば意識し、緊張する。

彼が、好きだから。

南沢の一件は結局俺の知らないところで全てが終わり、どうやら正式に会社として被害届を出したらしい。

ある日、赤木さんに帰宅時間を早めていいと言い、俺には何時家を出てもいいのだと言った時、初めてそれを知らされた。

やはりあの書類にあったように、書類の偽造が動かぬ証拠となったようだ。

そのせいで赤木さんの帰宅は九時になったが、俺は家を出なかった。

もうきっとこの人は同じことをしないと信じていた。それに、何よりこの人ともっと一緒に暮らしたいと考えるようになっていたので。

彼の方はまだ俺が近づくと、一瞬戸惑う素振りを見せたが、それもいつかはなくなるだろう。

そうしたら、二人でどこかへ出掛けたり、一緒の時間を過ごせるようにもなる。

まるで恋が成就するのを待つように、今の俺はそんな時を待ち望んでいた。二人の間のわだかまりが全てなくなる日を。

そんな雨の夜、玄関のチャイムが鳴り響いた。

「あら、こんな遅くにどなたでしょう？」

帰り支度を始めていた赤木さんが、上着をソファに置いて玄関へ向かう。

俺と東秀さんは、リビングのソファで彼女の淹《い》れてくれたコーヒーを飲んでいたが、来客を察して彼はくつろいでいた服のボタンを留め、背筋を伸ばして椅子に座り直した。

「俺、部屋へ戻りましょうか？」

「仕事の関係者ならな。誰も来る予定はないから、関係ない人物かもしれない」

この家は国木田の家で、ここに俺を訪ねてくる者は殆どいない。

学生時代の友人達とは疎遠だし、会社の人間にも、ここでの生活は居候のようなものなのだと言ってある。

だから、戻ってきた赤木さんが東秀さんを素通りして俺の前に立った時には、何かと思った。

「界人様にお客様ですよ」

「俺？」

「会社の方だそうで、菅原様とおっしゃってますが」

菅原？

社内にそんな名の人間がいただろうか？

「どうやら、席を外した方がいいのは私のようだな」

東秀さんが苦笑して腰を上げる。

「あ、ちょっと待ってください」

だが俺はそれを引き留めた。

彼のシャツの裾を引いて、行かないでと。

「会社の人間がこんなに遅くに訪ねてきたなら、仕事の話だろう。部外者がいるのはまずいんじゃないのか？」

「それはそうなんですけど…」

「どうなさいます？　大きなお荷物を持ってらっしゃいますけど、こちらにお通ししますか？」

「えっと…、心当たりがないんで、玄関先で会います」

俺がそう言うと、東秀さんの顔つきが変わった。

「心当たりがない？　そんな人間と会って大丈夫なのか？」

「でも俺がここにいるってことは会社の人間か親戚の一部しか知らないので、全く知らない人じゃないと思いますし」

過保護なほど心配そうな顔で言うからそう答えたのだけれど、彼はムッとして立ち上がり、俺より先に玄関へ向かった。

「あ、待って」

慌てて後を追ったが、歩幅が違いすぎる。

こっちが玄関に着いた時には、彼は待機用の小部屋の入口を塞《ふさ》ぐように立ち、中の人間を詰問《きつもん》していた。

「うちの弟とどういったご関係ですか？」

と言う声に答えて、相手が何か言う。声は聞こえるが、東秀さんの背中に阻まれて返事の内容は聞こえない。

「しかし、弟は心当たりがないと言ってますが」

この人が側にいてくれるなら心強いとばかりにもう少し近づいて彼の背に手をかけると、その向こうから大袈裟な声が聞こえた。

「それは酷い。俺と彼は大変仲のいい友人で…」

この声。

「菅原？」

俺は東秀さんの脇から、ベンチのある小さな部屋へ潜り込んだ。

背の高い、陽気な顔立ちの男。

「麻川！」

両手を広げると、いきなり抱き着いてきたのは、アメリカでの同僚、カール・菅原だった。

そうか、彼にはここの住所をメールしてたっけ。

「よかった。おっかないお兄さんに睨まれて、どうしようかと思ったよ」

アメリカで生まれた菅原は、当然のように俺を抱き締めるとその頬にキスを贈ってきた。

あちらにいる時には当然のことだから、慣れていたのだが、ここは日本だ。彼が変な人に見られぬよう、俺は慌ててそれを制して身体を離した。

「…彼を知っているのか」

あからさまに不快そうな顔。

日本ではこういう習慣がないのだから当然だ。

「すいません。アメリカにいた時の同僚です。まさか日本に来てるとは思わなくて…」

俺を守ろうとして出てきた彼としては、この結果に不満だろう。さもなければ『おっかないお兄さんに睨まれて』と言われて怒っているのかも。

どちらにしても、菅原の印象は悪そうだ。

「友人なのか？」

「あ、はい」

「…人騒がせな」

吐き捨てるような言葉。

「すいません」

怒りの矛先を失って不機嫌になってるだけだと、俺にはわかった。

本当に怒っているわけでも、俺を叱《しか》ってるわけでもないのだと。

だが、今会ったばかりの菅原に微妙な彼の表情が読み取れるはずもなく、彼は東秀さんの態度にずいっと前へ出た。

「そういう言い方はないだろう。麻川が悪いんじゃなく、あんたが暴走しただけじゃないのか？」

彼としても友人をかばってくれているつもりなんだろうが、まずいな。

「菅原」

「麻川。彼が新しい兄さんだろ？　随分失礼な感じだけど、いじめられてない？」

「菅原」

もう、どうして欧米人っていうのはこう物言いがストレートなんだろう。

「いじめられてなんかいないよ。そっちこそ失礼なこと言わないで。それより、どうしてこんな遅くに日本に？　配属の話は聞いてないけど？」

するとと彼は急にこちらへ顔を向けた。

「今回は仕事じゃない。休暇を使って来たんだ」

その顔が急に情けないものになる。

「日本旅行？」

「違う。ケンカ別れした恋人を追ってだ。お前に…」

「ちょっと待って！　ごめん、やっぱり話は部屋で聞くよ」

『恋人』という単語を聞いて、言いかけた彼の言葉を途中で遮る。

菅原の恋人と言えばジョニー、つまり男性ではないか。

こんなところでそんな話をされては困る。

東秀さんがその手の話題に慣れている人とも思えなかったし、男性同士のそういう話題は『あの時のこと』を思い出させるだろうから。

「彼を家へ入れるのか？」

「すいません。俺の部屋だけにしますから」

「だが…」

東秀さんは何か言いかけてやめた。

その顔がさっきより更に怒っているように見える。

勝手に他人を家に入れるのは嫌いなんだろうか？

「あの…」

「勝手にしなさい。この家はお前の家でもあるんだから。だが、泊めるつもりなら、一言言いにくるんだな」

けれど、それを問いかける間もなく、彼は俺達に背を向けてそのまま奥へ消えた。

リビングではなく、そのまま自室のあるもっと奥へだ。

「おっかないお兄さんだね」

人の気も知らないで、菅原が背後から抱き着く。

「ちょっと表情が乏しいだけだよ。でも優しい人さ」

自分だって彼をおっかないと思っていたクセに、他人にそう言われると少し嫌だった。今はあの人が悪い人じゃないと思ってたから。

だいたい、彼の機嫌を損ねたのはお前ではないかと言いたい。

「仲良くしてる？」

「してる途中。だからあんまり変なこと言わないでよ」

「変なことって？」

「おっかないだとか、恋人を追ってきたとかってこと。恋人ってジョニーのことなんだろう？日本はアメリカほどゲイにオープンじゃないんだから」

「ああそうか、それはすまなかった」

文句を言おうと思ったのに、素直に謝られるとそれ以上何も言えなくなる。

俺は彼の腕を解き、タメ息をついた。

「まあいいや。カバンは濡れてるからここに置いといて、中へどうぞ。コーヒーの一杯くらい出してあげるよ」

「アメリカから来た友人にコーヒー一杯かい？」

「連絡もなく突然こんな時間にやってきた客に対しては、いい扱いだと思うけど？　文句言うならこのままどっか外へ連れ出すよ」

「オーケー、コーヒーで手を打とう。ついでにタオルが欲しいな」

相変わらずの軽い性格。

それでも、仕事をほっぽって日本に来たってことは何かトラブルがあったのだろう。

俺は帰り支度をしていた赤木さんに、コーヒーの用意を頼み、バスルームから持ってきたタオルを彼に手渡した。

「大きい家だな」

「俺のじゃないけどね」

久々に会う友人を歓迎しながらも、怒らせてしまった東秀さんのことが気掛かりで、頭の中では彼のことを想っていた。

彼に嫌われたくないから、後で謝りを入れなければと思って。


「突然日本に行くなんて言うからさ、ケンカしたんだよ」

濡れた身体を拭き、コーヒーで身体を温めると、菅原は雄弁に語り始めた。

「日本に来るくらいいいじゃないか、彼が日本びいきだって知ってるんだから」

「旅行なら止めないさ。でもあいつ、日本のセンショクって人のところに弟子入するとか言い出したんだ」

「センショク？」

「知らないのか？　何かこう、布を染めたりする人のことらしいよ」

「ああ、染色」

アメリカ生まれの菅原は、日本語ペラペラだが、時々イントネーションがおかしい。

「少なくとも一年は戻らないとか言うから大ゲンカさ」

勇気あるな…。

菅原も俺より大きいが、ジョニーは彼より更に一回り大きな体格なのに。

「あんまりにもわからずやなんで、つい『一年もいなくなるんなら、俺は新しいパートナーを探すぞ』って言ったら、あいつ『お前がそんなにケツが軽いとは思わなかった』って」

「…菅原。怒りはわかるけど、もうちょっと声を落としてくれないか？」

ケツが軽い、は響きが悪すぎる。

「失礼」

彼はベッドの前をうろうろと歩きながら、更に続けた。

まるで動物園のクマみたいだ。

「いくら日本マニアとはいえ、今までダイヤーの経験もないのに思いつきだけで言うなんておかしいだろ？　なのに一年かけて修行するって言ってさ。何か変なテレビか本でも見たんだよ、きっと。それで暫く会わなかったら頭も冷えるだろうと思ってほっといたんだ。どうせいつものことで、すぐに謝ってくるだろうと思って。そうしたら…」

「そうしたら？」

菅原はピタリと足を止めると、ベッドの上へ仰向《あおむ》けに倒れ込んだ。

「書き置きがあった」

「書き置き？」

「日本へ行く。ちゃんと修行して店が開けるくらいになったら戻ってくる。それまで待てたらまた会おう。待てなかったら幸せになってくれだってさ…」

二人のアツアツぶりはよく見ていた。

恋人というだけでなく、同居人としても上手くやってるように見えたのに。

「一年も一緒にいたんだぜ？　それが別れはメモ一枚なんて信じられるか？　そりゃ、あいつが定職につかないことを気にしてたのは知ってたよ。でも、働いてないわけじゃない。バイトは色々やって、収入はあったんだ。第一、そのことを俺が責めたことなんて一度もなかったのに」

「ジョニーの方は気が引けてたんだよ」

「俺が会社員で、あいつがバイターだってことを？　そんなの、恋愛には全然関係ないじゃないか」

「でも、男としてはプライドだってあったんだろ」

「プライドのために棄てられたって言うのか？」

「菅原」

俺は彼の隣に腰を下ろし、天井を見つめるその顔をそっと撫でてやった。

その頬が赤いのは怒ってるからではなく、泣きそうなのを堪えているからだろう。

「でも、追ってきたんだろ？」

「あのバカが追ってきてくださいとばかりに日本の住所を置いてったからさ」

「置いていかれても好きなんだろ？」

菅原は黙ったまま俺の手を握った。

「セックスが上手いとか、ハンサムだとか、金持ちだとか、いい会社で働いてるから好きになったんじゃない。ジョニーだから好きになったんだ。理屈で好きになるなら、もっといい男を捕まえるに決まってるのに…」

「恋をする時はそうかもしれないけど、長く付き合うのはそれだけじゃ続かないって思ったんじゃないのか？」

「それ、お前の経験？」

友人の問いに、俺は首を横に振った。

「俺はそんな激しい恋愛はしたことないからね。長く続いたのもないし」

「どうして？」

「わかんないな。アメリカまで行った成果を上げるのに、精一杯だったんだろうな」

「今はゆとりがあるだろ？　誰か好きなヤツはいないのか？」

「今はさっきの義兄さんと仲良くなることで頭がいっぱいだよ。その…、出会った時に色々トラブルがあったもんだから」

そうだな。

日本に戻ってから、両親の事故のことを除けば、俺はあの人のことばかり考えてる。

恐れて逃げ惑い、興味を持って観察し、今は親しくなる方法を探りながら側にいることを楽しんでいる。

「ハンサムだったな。新しい父親もハンサム？」

「東秀さんは浮気の相手にしないでくれよ。俺の大切な人なんだから」

「今更あんなおっかなそうな男に手を出すなら、日本になんか来ないさ」

素直じゃないな。ジョニーが好きでたまらないから追っかけてきたと言えばいいのに。

でもその意地もわからないことはない。わだかまりが一つあるだけで、素直になれないことはある。たとえ相手が好きだったとしても。

彼のことを自分と東秀さんに置き換えてみて、俺は苦笑した。

彼等は恋人で、俺達は兄弟じゃないか。いくら感覚的に似ていると言ったって、俺は彼を愛してるわけでは…。

「取り敢えず、どっかホテル取ってやるから、今夜はそっちに泊まれよ」

考えた途端、顔が熱くなって、俺はそれ以上突き詰めるのをやめた。

「ここには泊めてくれないのか？　兄さんはいいって言ってたぜ？」

「ダメ。ここはまだ俺の家じゃないんだ。主であるお義父さんだってまだ入院中だしね」

「入院？」

「言ってなかったっけ？　両親が事故にあったって」

「聞いてなかった。水臭いな、どうして教えてくれなかったんだ。大変な時期だってわかってたら訪ねたりしなかったのに」

「いちいち言うほどのことじゃなかったから。それに、もう今は随分よくなったんだ」

「わかった。じゃ、あまり高くないとこにしてくれ。飛行機代が結構かかったから」

「ＯＫ」

横になったままの菅原から離れてデスクの上のパソコンを立ち上げる。今時は電話帳で調べるよりも、ネットで探した方が早いだろう。

検索ページへ飛び、『本日、宿、ビジネスホテル』と入れると、すぐに該当ページが表示される。

その中で、比較的近く値段の安い宿を見つけると、すぐに電話で予約を入れてやった。

菅原はその間も何も言わず、ただポケットから出した紙をじっと見ていた。きっとそれがジョニーの書き置きなのだろう。

「菅原、ホテル取れたよ」

「うん」

「ほら、元気出して」

引っ張り起こしてやっても、彼はまだやる気がなさそうに生返事だった。

「ホテルに着いたらまた話は聞いてやるから。ゆっくり酒でも飲もう」

「酒か、そうだな」

勢いをつけるように立ち上がり、彼は自分で自分の頬をパンパンッと叩いた。

「よし、行こう」

俺の背中を抱き、出撃だと言わんばかりに荒っぽくドアを開ける。

「後であいつの行き先のことも調べてもらおうと思ったんだ。東京にいるらしいから」

もっと静かにしてほしいが、まだ眠る時間ではないから大丈夫だろう。

「いいよ。それじゃそれはホテルでゆっくりね」

「お兄さんに言っていかなくていいのか？」

「ああ、いけない。メモだけ残すからちょっと待ってて」

「こんな夜遅くにメモ一つで消えられるとショックじゃないかな？」

その言葉に俺は笑った。余程それがショックだったんだな。

「あの人は俺の恋人じゃないから大丈夫だよ」

「笑うな」

「笑ってないよ」

部屋へ戻って、今夜は遅くなるから戸締まりはしてもいいとだけ書き記したメモを、リビングのテーブルの上へ置く。

菅原の様子では何時に戻れるかわからないし、何も言わなくても出て行く音は聞こえるだろうから、これくらいはしておかなくちゃ。

「今夜は帰れないって書いたか？」

雨だから、携帯でタクシーを呼んだ。

「そんなこと、書くわけないだろ」

その間、菅原と玄関先のウエイティングルームで言葉を交わした。

「今夜は帰さないぞ？」

彼を元気づけるために、ずっと笑いながら。

「明日仕事なんだから無理だね。どんなに恋で苦しんでても、そこは別だよ」

「ワーカホリックめ」

「何とでも。恋に溺れて仕事を棄ててきた男とは違いますから」

「誰だってそうなるさ。本気で惚《ほ》れたら、冷静じゃいられなくなるもんだ」

「冷静じゃないから、こんな夜遅くに押しかけてきたんだろ？」

「文句はフライトプランを立てた飛行機会社と、あんな遠いところに空港を造った日本政府に言え。俺だって、明るく綺麗な日本を堪能したかったよ」

「晴れたらデートしてやるよ。休日にね」

全てが上手くいっていたから、深く物事を考えなかったと言われればそうかもしれない。

外の雨音と菅原に気をとられて、他に注意を向けなかったのが悪いと言われれば、その通りだっただろう。

友人を慰めてるだけのことが、他人の目にどう映るか。

交わす会話がどんなふうに取られるか。

少しも考えてはいなかった。

「今、車の音しなかったか？」

「タクシー来たかな？」

リビングの暗がりに誰かが立っていて、自分達の会話を聞いているなんてこと、これっぽっちも想像なんかしなかった。

彼がそんなことをする理由なんて、一つもないはずだったから…。

タクシーで乗り入れたビジネスホテルでチェックインすると、ホテルのバーから追い出されるまで菅原は飲み続けた。

それでも足りなくて、近くのコンビニでビールを買い、狭い部屋の中で一緒に飲んだ。

ジョニーのことがどれほど好きか。

どんなふうに彼と出会って、どんなふうに暮らしていたか。

ケンカは本気じゃなかったのに、もう一度ちゃんと話し合うつもりはあったのに、勝手に悩んで勝手に答えを出して。

置いていかれてどれだけショックだったか。

バカだ。

恋は二人でするものなのに。パーティ会場で一人でダンスして黙って会場から消えるみたいなことしやがって。

でも、そういう一途《いちず》なところが好きなのだと……。

早く会いたい、会ったら声が嗄《か》れるほど怒鳴りつけてやる。そんなに日本がいいならどうして一緒に来てくれと言ってくれなかったのか。

最後には、ただ彼に会いたいとだけ繰り返していた。

彼が特別なのか、恋をするとみんなこうなるのか。

たった一人の人を想い、自分のことも顧みずその人のことだけを追う姿は、少し羨《うらや》ましくもあった。

自分もそんなふうに誰かを想いたい、誰かから想われたいと思うほど。

明け方の三時を過ぎた頃にやっと彼はあくびを連発し、疲れたと言い出したので、俺は一人その部屋を後にした。

時間の経過と共に激しくなっていた雨の中、流しのタクシーを拾って戻る家。

大きな屋敷に明かりはなく、玄関先だけが煌々《こうこう》と門灯で照らされている。

この時間では東秀さんも眠っているだろう。あの人だって明日は会社があるのだ。

俺も早く眠りたかった。

自分はあまり飲まないようにしていたのだが、きっと明日はあくび連発だろう。

鍵を使って玄関のドアを開け、濡れた身体から雨露を叩き落とす。

タクシーを降りてから玄関までの短い距離だというのに、身体はしっとりと濡れていた。

「風邪ひかないようにしないと」

上着を脱いで手に持ち、リビングへ向かう。

「…え？」

だがリビングへ入る前に、その足が止まった。

ぼんやりとだが、リビングに明かりがついている。

東秀さんが起きてる？

ひょっとして俺を待って…？

喜びに胸が躍ると同時に、申し訳なさが湧く。

「ただいま」

俺はリビングへ続く扉をそっと開けながら、中へ声をかけた。

一つだけ灯ったフロアライト。

ソファに人影。

目を凝らすまでもなく、座っているのは東秀さんだ。

「遅くなってすいません、起きてらしたんですか？」

彼は手に酒のグラスを持っていた。

テーブルの上にはフタの開いたウイスキーのボトルが置かれている。

「あの…。東秀さん？」

俺の声は聞こえているだろうに、彼は顔を上げなかった。

自分を待っていてくれたのではないのだろうか？　何か彼自身に問題が起こって、起きていたのだろうか？　いつもと違う様子に少し心配になり、俺は彼に歩み寄ると目の前に立った。

「東秀さん？」

もう一度名前を呼ぶと、彼がゆっくりと顔を上げる。

その顔は疲れたように暗く沈んでいた。

「どうかしたんですか？　何か困ったことでも？」

「帰ってきたのか…」

小さく漏らした言葉。

聞き取りにくかったので、彼の隣に腰を下ろす。

それを追うように顔が動いた。

「あの男は？」

ここのところ穏やかな表情を見慣れていたせいだろうか、薄暗がりの中、間近にある真剣な顔に胸が騒ぐ。

「菅原ですか？　ホテルです」

話しながらも、彼は手の中の酒に口をつけた。

いつから飲んでいたのだろう。ボトルは三分の一程度しか残っていないけど、まさか俺が出てからずっと飲み続けてたってことはないよな？

そういえば、この人が酒を飲んでるところは初めて見たな。いつも食事が終わるとコーヒーを飲むくらいで部屋へ戻ってしまうから。

「ホテルまで行ったのか」

低い声に、何だか緊張する。二人きりになることもあったけど、こんな雰囲気になることはなかったから。

「ええ、送っていくってメモを残したんですけど、見ませんでしたか？　そこに置いたんですけど」

「メモは見たが、どこへいくかは書いてなかった」

帰りの遅い娘を叱るような物言い。

「行き先までは別に書かなくてもいいかと思って…。書いた方がよかったですか？」

「送って行っただけなら、もっと早くに戻ってもよかっただろう」

ほら、やっぱり。

「少し酒を飲んでたものですから…」

心配しててくれたんだ、夜中に出て行ったから。俺は女の子ではないのだし、もう子供でもないのだから、別に夜外出しても大丈夫なのに。

でも叱られることが多少嬉しくもある。それだけ気にかけてもらっていると思えて。

「菅原はそんなに悪いヤツじゃないんです。ただ今はちょっと…」

「恋人を追ってきたから、か？」

説明しようとした言葉に被《かぶ》せて彼が真実を突く。

「気がついたんですか？」

さすがだな。ぽろりと漏らした言葉だけでも気づいてしまったか。

相手が男性だとわからなければ少し話してもいいかな、と思って肯定した。

「実はそうなんです。だからちょっとイライラしてて態度が悪かったかもしれませんけど、根はいいヤツなんですよ」

「付き合いは長いのか」

「ええ。入社してからずっとです。彼の方が一つ上なんですけど、まあ殆ど同期みたいなもので、よくあちこち連れ歩いてくれました。優しいし、明るいし」

もしすぐにジョニーが見つからなければ菅原は暫く日本にいるかもしれない。そうなればまたここに呼ぶことがあるかもしれない。

だから印象の悪かった彼を少しでもとりなそうと『いいヤツ』をアピールする。

「ああ見えても仕事では優秀なんですよ。俺がこっちに戻ってくる時も最後まで一緒に仕事をしてたんです。今回は突然だったけど、次に呼ぶ時にはちゃんと紹介しますね。きっと東秀さんも気に入ると思いますよ」

「もう会う気はない」

「そんなこと言わないで。話してみればいいヤツだってわかりますから」

「あの男がどんな人間でも私には関係ない」

「それはそうですけど…」

彼は手にしていたグラスをテーブルに置き、身体ごとこちらに向き直った。

オレンジ色の仄暗《ほのぐら》い明かりが、彫りの深い彼の顔に濃い陰影をつける。

そのせいか、険しい彼の表情は怒るというより苦悩しているかのように見えた。

「あの男にしてみれば、私の顔など見たくはないだろう」

「そんなことありませんよ。あいつ、東秀さんのことハンサムだって言ってましたよ」

「それはお前があのことを話してないからだろう？」

揶揄するように、にやりと笑う口元。

「…あのこと？」

何を意味してるのかわからないから問い返す。

その返事は一瞬にして俺を凍りつかせた。

「ここで、お前が私に何をされたか、だ」

忘れたいと思っていたこと。互いに過ぎたこと、なかったことにしたいと願い、真実がわかってから一度も触れようとしなかったこと。

それをどうして今、いきなり言葉にして突きつけるのだ？

「そんなこと…、他人に言うわけが…」

身体が強ばり、嫌な汗が浮かぶ。

平気になったのではない。東秀さん個人を好きになっていたから、遠く記憶の片隅に追いやって、平気なフリをしていただけなのだ。あの時のことは自分にとって、まだ忌まわしい記憶なのに。

「言えるわけがないな」

ずっと、いい感じでできていた。

彼のことがとても好きになったし、上手くやっていけると思っていた。

彼が自分に対してした酷いことも、あれは誤解だから、何か魔が差してしたことだから、忘れてしまおう。彼が好きだから、新しく彼との関係を築き直そうと思うようになっていた。

なのに突然、彼はあの時のように有無を言わさず俺の腕を掴むと、そのまま仰向けにソファの上へ押し倒した。

「東秀さん…！」

自分も飲んではいたが、それより強く香るアルコールの匂い。

あの時よりも彼のことを知っていた。普段は変なことをする人ではないと信じていた。それでも、強ばった顔が近づくと、あの時の恐怖が蘇る。

いや、恐怖じゃない。

この人が、『俺ではないものへの怒りを俺にぶつけている』ということが、腹立たしいのだ。

「やめてください」

怒りで声が震える。酔いと苛立ちで俺に触れないで、と。

けれど、彼は離れてはくれなかった。

それどころか、更に俺を摑む腕に力が込められる、痛みを感じるほどに。

「もしあの男が私のしたことを知ったらどうするだろうな。別れるか？　それともあいつが私を殴りにくるか？」

「何を…」

「…それもいい、その方が楽になれる」

近かった顔が更に近づき、唇が重なる。

挨拶のキスじゃない。貪るような乱暴なキスだ。

身体ごとのしかかられ、唇が押しつけられ、歯が当たる。

それも構わず彼は嚙みつくように俺の口を塞ぎ、息苦しさに開いた口から舌を滑り込ませた。

「ン…、ン…ッ」

のたうつように内側で彼の舌が暴れる。

押し出そうとする俺の舌と絡まったかと思うと、強く吸い上げられる。

…それでも、あの時のような暴力的な恐怖を感じないのは何故だろう。

恐怖どころか、その激しさに身体が熱くなる。

どうして、今こんなことを。

あんなに親しくなったのに。理解しあえると思うようになったのに。

俺が近づくだけでも緊張し、気を遣ってくれて、あのことを後悔しているふうだった。気に入ってくれるといいと言ってくれていたのに。

表情が硬くても、態度がそっけなくても、もう二度とあんなことは起きないだろうと信じることができたのに…。ちゃんとあなたを好きだと態度で示していたのに。

どうして？

また、俺ではない誰かへの怒りを、俺にぶつけようとするのか？

目の前にいるのは俺なのに。

そう思った途端、俺は手首を捻《ひね》って右の手を自由にし、思いきり東秀さんの顔を叩いた。

悔しくて。

「痛…ッ！」

ガリッと音がして、指先に嫌な感覚が走った。

離れた彼の頬に赤い血が小さな珠のように現れるのを見ると、爪《つめ》か何かで引っ掻いてしまったのだろう。

無言のまま、怒りに燃えた目が俺を見下ろす。

彼は頬へ手をやり、自分の手の甲についた僅かな血を見ると、口元を歪めた。だが俺の上から降りようとはしない。

かといって、もう一度強引な口づけを繰り返そうともしなかった。

「なんで…」

何もわからぬまま襲われたあの時とは違う。俺にだって今は怒りがある。

それを示すために彼を睨みつける。

「なんでこんな…！」

「お前が悪い！」

彼は俺の視線を受け拳を振り上げた。

殴られる、と思って身を竦《すく》めた俺の顔のすぐ横に拳は叩きつけられた。

「もういい、行け…！　もう俺には我慢できない！」

俺が悪い？

我慢？

あの、上手くやっていけると思った日々は嘘だったのか？　あなたの我慢の上になりたっていたものだったというのか？

俺はとっくにあなたを好きになっていたのに。

「…そんなに俺が嫌いだったんですか？」

「違う！」

「だからこんなことをするんでしょう？　何が気に食わなかったんです？　一方的にこんなこと

されて、それで『行け』ですか？　あの時、すまなかったって謝ったのは嘘だったんですか？　俺の気持ちなんかどうでもいいと思ってるんですか？」

もうわからないまま放り出されるのは嫌だ。

「違う」

「じゃあ何が悪かったんです！　何を我慢していたんです！　俺は…、東秀さんとだったらいい兄弟になれると思って…」

「私は、一度だってお前と兄弟になりたいと思ったことなどなかった」

吐き捨てるような言葉に打ちのめされる。

「そんな…」

一度も…？

「まだ…、俺が南沢って人の手先だって思ってるわけじゃないですよね…？」

「そんなこと、思っていない」

「じゃあ、母の再婚に反対だったんですか？」

「違う」

「それじゃあ…、俺自身が嫌いなんですか？」

ショックを隠しきれずに問う言葉に、彼は目を逸らした。

そうなのか？　俺のことが嫌いだったのか？　俺を避けていたのは俺の傷に触れぬようにでは

なく、本当に嫌いだから会いたくなかっただけなのか？

あの優しさも、気遣いも、やらなければならないことだから仕方なくやっていただけだったのか？

「お前を嫌いになれたのなら…、よかったんだ…」

喉から絞り出されるような声。

東秀さんはそう言うとソファから立ち上がって、俺に背を向けた。

「あの時、お前に会わなければ、こんな気持ちになることはなかった」

そして今度は壁を強く殴りつける。

「兄弟になろうと努力はしていた。あんな真似《まね》をしておきながら、気に入られたいと努力し、この欲望を抑えるために近づかないようにしていた」

何度も、何度も。

「だがお前が私に近づいてくるから、男を相手にすると、他に恋人がいるとチラつかせるから…」

「東秀さん…？」

手が傷つくからやめてくれと言おうとした時、俯いたまま肩を震わせ、彼の動きが止まる。

泣いている？

笑っている？

かつて、アルトの社長室で同じ状況があったことを思い出した。俺が本当の麻川界人だとわかった時だ。

あの時、彼は笑っていた。だが今回は…。

泣いても笑ってもいなかった。

振り向いた彼の顔は苦しみに歪み、切なげにこちらを見下ろす。

「お前が好きなんだ…」

そして自嘲《じちょう》するように嗤った。

「滑稽《こっけい》だろう？　私は…、私はお前が欲しいんだ。初めて会った時からずっと、お前が好きだった」

嘘、と言うことさえ憚られる痛ましい表情。

「一目惚れだった。ただエレベーターに乗り合わせただけの見知らぬ男なのに、一目見ただけで心を奪われた」

あの時…。目が合った後、彼は何故かとても驚いたような顔をしていた。そしてそのままじっとこちらを見つめていた。

「だが声をかける勇気もなかった。相手が男だったし、何と言って声をかけていいのかもわからなかったから。どうせ二度と会うこともない相手だろう。どれほど心惹かれても、近づくべきじゃない、忘れるべきだと思っていた」

立ち去る際は強い眼差しでじっと見つめられ、一度だけ振り向き、軽く会釈をした。

あれは、ボタンを押してやった礼ではなく名残惜《なごり》しいと思ってのこと？

「だがお前はここに来た。いるはずのない場所に、突然現れた」

あの時から、彼は『俺』を見ていたのか？

「あの日は…、丁度専務の元に南沢の手配した女が入り込んできたという報告を受けた後だった。色仕掛けでスキャンダルをつくろうとしたのだろうということだった」

そんなことが、報告書にも書いてあったっけ。

「俺は南沢なんて人は知りません」

「今ではわかっている。だがあの時は、俺のことなど全く知るはずもないお前が家の中まで入り込んでいたのは、南沢の命令なんだと思った。私がお前に心惹かれたことを察して、わざわざ家まで押しかけてきたんだと。そう思うと無性に腹が立った。自分が心を奪われた相手が、あんな男の命令で動くようなヤツなんだと思って…」

彼は言葉を切り、笑った。

「毒を食らわば皿までだと思ったのさ。お前が南沢の手先でも、手に入れたかった。それを理由に抱けるなら、それでもいい。この一度だけでも、自分が抱いた気持ちを遂げられるならと…。まさかそれが弟になる人間だったなんて、自分の勝手な誤解だったなんて…」

勝手な言い草だ。なのにどうして彼のこの告白が、こんなにも嬉しいと感じるのだろう。

「自分の失態に気づいて全てを諦めた。その時から兄弟になろうと努力もした。自分のしでかしたことの大きさを理解し、償おうとも思った。近づけばまた欲が出るから、遠ざかるように努力もした」

彼の本当の気持ちを聞かされて、心が揺れる。

「…なのにお前が近づいてきたんだ」

真っすぐに俺を見る濡れた目に、射貫かれる。

自分のために弱っている彼の姿が俺を動かす。

俺が近づくだけで戸惑っていた彼を見るのが嬉しかった時のように。彼が、自分にだけ反応していることが嬉しくて仕方がない。

自分が好意を抱いていた人間が、同じように、それ以上に自分を想ってくれていたのだと知って喜ばない人間がいるわけがない。

「わかっただろう…。私はこんな男だ。もう我慢の限界なんだ。これ以上側にいれば、また同じことを繰り返す。だから今すぐ出て行け。お前が出て行きたくないなら、俺が出て行く。いや、もっと早くそうするべきだった。可能性など考えず、未練など残さず、自分から離れればよかったんだ」

だから、ソファから立ち上がったのは逃げるためではなかった。

俺が手を伸ばして触れたら、彼がどんな顔をするのか見たかったからだ。

「止《よ》せ」

乱暴に俺の手を払う彼の苦悩の顔が、見たかった。

「近づくな」

彼の言葉が本当かどうか、確かめてみたかった。

「何かの捌《は》け口に…、俺を襲ったんじゃないんですね？　あの時も、今も」

どれほど俺を好きでいてくれるのか、知りたかった。

俺も、彼を好きだから。

「違う」

「俺が好きだから？」

「…そうだ」

「何故、菅原にあのことを話したのかなんて聞いたんです？」

すするように鼻を鳴らした彼を可愛いと思ってしまうほど、彼が好きになっていたから。その気持ちを確認したかった。

「あの男がお前の恋人だからだ。いっそ男を相手にしない人間なら、諦めもついた。だが追ってくるほどの相手がいると知ったら、嫉妬《しっと》したんだ。お前の部屋の乱れたベッドも見た、俺は恋人じゃないと笑う声も聞いた。ホテルで…」

「菅原の恋人は俺じゃありません。彼は生粋のゲイですが、恋人はアメリカ人のジョニー・クラストという男です。ジョニーが彼を置いて日本へ来てしまったので、追ってきたんです。ベッドは、彼が座っていただけです」

俺の言葉に彼は驚き、失笑し、落胆した。

「また誤解か…。救いようがないな、私は…」

もう一度彼に手を伸ばしたが、今度は振り払われることはなかった。その力もないように項垂《うなだ》れてしまっていて。

「東秀さん」

理由はある。

真面目だとか、感情表現が下手なのに時々素の表情を見せるとか、優しくしようと努力をしてくれるとか。

ハンサムだとか、カッコいいとか、堅物っぽいとか、謝罪の潔さとか、怖いほどの激しさを秘めているところとか。

「ちゃんと言ってください」

だが理屈ではなく、彼を好きになって、過去を忘れても一緒にいたいと願うようになっていた。

だから俺は聞きたかった。

「俺のことをどう思っているか」

「何を今更…」

「俺は一度も聞いてないんです。何も聞かされてないまま、一方的に答えを出されても困ります」

「聞けば、もっと困るだろう」

「困るかどうか、聞いてみないとわかりません」

襲われたのは自分だ。しかも、二度も。

でもこうして向かい合っている今、優位な立場にいるのが自分なのがおかしい。

東秀さんは黙っていたが、子供のように手の甲で自分の目を擦り、溢れそうだった涙を拭うと、俺の目を見てやっと言ってくれた。

「お前が…、好きだ」

その言葉がストンの胸の奥に落ちる。

だからこんなことになったのかと、それだけで納得した。

俺が好きだから腹を立て、俺が好きだから襲い、俺が好きだから距離を置き、気遣い、優しくし、戸惑って、嫉妬したのか、と。

そして、胸に落ちた言葉は俺の気持ちをすっきりとさせてくれた。

あんな酷い目にあわせた男と、仲良くなりたい、一緒にいたいと思うようになったのは、俺もまた彼が『好きだから』だったのだと。

「あなたに襲われたことを忘れないし許さない」

「当然だ…」

「でも、俺はあなたが好きです」

「…界人？」

「初めて俺の名前を呼んでくれましたね？」

こちらの指摘に彼の頬が赤くなる。

この人の顔を、こんなに自由に変化させられるのは、きっと俺だけだ。

「一方的な行為は絶対に許さない。でも合意は別です。あなたが俺を好きなら俺はそのことをちゃんと考えます」

ほら、また表情が変わる。

俺が何を言っているのか、わからないというように。

「東秀さんは俺より年上で、頭もよくて、デキる男だと思うけど、感情的なことはとてつもなく鈍いんですね」

「どういうことだ…？」

「あなたが好きだから、あなたが俺を好きでキスしたいと思うなら、それを強姦とカウントしないと言ったんです」

「界人？」

「好きだから、キスしたいと言ってください。説明も告白もないまま、襲ったりせずに。今のあなたに『好き』と答えることがどういう意味を持つかわかってて言ってるんですよ。ゲイの友人を持っていたんです、男性同士の恋愛にはあなたより免疫があるし、理解もしてる」

一度は重ねた身体。

もう一度を考えてもいい。

むしろ、あの凶行を塗り替えるために、その手が欲しい。

「でもどうか俺が欲しいなら、ステップを踏んで、俺を口説いてください。これが『恋』なら」

「…私はお前を強姦した男だぞ？　そんな男に好きと言われて嬉しいわけがないだろう」

「嬉しいですよ。今、とても喜んでます。あなたの理不尽な行動の理由がわかって、嫌われていなかったとわかって」

俺が頰に触れると、東秀さんは身を強ばらせた。これじゃ、こっちがこの人を襲ってるみたいだ。

「近づくと、我慢ができないと言っただろう」

その優位さが嬉しいと思うのは、やっぱり自分も男だからだろうか。

「一方的でないなら、我慢しなくてもいいです。もう一度言いましょうか？　俺もあなたが好きだから、好かれて嬉しい」

困惑した彼の顔が、切なく崩れる。

「お前の『好き』が私のと違っていたとしても、誘ったのはお前だ。逃げていいと言ってやったのに残るなんて…」

こんなに『好き』と言ってるのに、まだ俺を憐《あわ》れむように気遣ってる彼が愛《いと》しい。

「優しくしてください。いつもみたいに、不器用でもいいから。でも言葉はください、惜しむことなく。稚拙でも、上手く言えなくても」

俺から彼の唇に唇を合わせる。

さっきの彼からのとは全然違う、微かに触れるだけの挨拶のようなキスだったのに、東秀さんはピクッと身体を震わせた。怯えたように。

「勝手に答えを出して、八つ当たりしないように。俺だって、勇気を出してここにいるんだから、それが報われてるってわからせてください」

初めて、東秀さんから伸びた腕が俺の身体を抱く。

「バカだ…、お前は」

強く、しっかりと。

「こんな男に捕まるなんて…」

やっぱり子供みたいに悲しげな顔をしながら…。

エレベーターで初めて出会った時、この人が自分に声をかけてきていたら、自分達はどうなっていただろう？

照れて、どう伝えたらいいのかという迷いを顔に浮かべながら、一目惚れだと言ってくれていたら、どうしただろう？

菅原という、男を愛する友人がいたから、嫌悪感は抱かなかった。それだけは自信がある。そして自分も彼をカッコいいなぁと思って見ていたから、まずは友人として始めませんか、と言っただろう。

その後で、自分達が全くの無関係ではなく、新しい家族になるのだと知って、俺は益々彼に興味を抱いただろう。

でもきっと、真面目なこの人は義弟を好きになるなんて、とまた悩んだかも。

それで時間はかかったとしても、俺はきっとこの人のことを好きになったと思う。東秀さんという人の本質が変わらなければ。

始まりが間違っていても、きっといつかこうなったと思う。

俺が好きだという気持ちを上手く表せない不器用な人を見て、可愛いと感じ、この人が自分のために一生懸命になる姿に惹かれていっただろう。

「ゲイの友人がいると言っていたが、お前は男性の経験が…、その…」

「ありません。あなたとしか」

「…そうか」

強引にリビングから自分の寝室へ俺を連れ込んだクセに、そんな会話一つでまた怯んでしまう。

大きなベッドに俺を押し倒し、上から覗き込んでいるというこの状態で。

「でも、一度されてるから怖くはないです。あの時より酷いことはしないでしょう？」

「わからない。自分でもコントロールが利かない。男に性欲を抱くことは考えたことがなかった」

「強姦したのに？」

意地悪く言うと、焦ったように視線が逸れる。

「あれはお前がそういうことをする人間だと思ったからだ。頭に血が上って、相手が望んでるのに自分がそれをして何が悪いと思ったら、止まらなかった」

でも視線はすぐに戻り、戸惑いがその顔から消える。

「今日もそうなるかもしれん」

こういう硬い表情に戻ると、少しだけこの人が怖くなる。立場が逆転し、彼が自分の上位にいる人間に見えて、身体が竦む。

「今も、忍耐力を総動員して会話してる。早くお前を抱きたいのに」

正直で潔い人。

そういう言葉こそ、普通は恥ずかしくて言えないはずなのに。

ああ、そうか。この人が言葉を惜しむのは、恥ずかしいとか、みっともないとかじゃないんだな。

相手には届かないと思うから諦めて口にしないだけなのだ。言ったら迷惑になるとか、嫌われるとか、勝手に先回りして答えを出してしまうからなんだ。

国木田さんが悪い人だったとは思わない。けれど『いい人』が、必ずしも『よき父』であったとは限らない。

この人のこういう態度は、愛情の示し方がわからないからなのかもしれない。

「界人」

彼がベッドの上に乗ると、身を任せるということが急に現実味を帯びてくる。

彼の反応を見て楽しんでいた余裕は、すぐに消し飛んでしまう。

「俺はあなたが誤解で俺を襲ったことを後悔して、戸惑ってる姿が好きになったけど、あなたは俺のどこが好きになったんですか？」

その余裕のなさを隠すために、質問する。

けれど俺はバカだな。

たった今、この人は相手の反応を諦める時だけしか言葉を惜しまないのだと、自分で思ったばかりなのに。

「優しいからだ」

澱《よど》みなく答えながら、ベッドの上に手をついて俺の上に乗る。

「どんなに怒っても、訴えても、罵倒《ばとう》して逃げ出してもいいのに、私の言葉を聞いて残ってくれた」

手は躊躇《ちゅうちょ》せず、俺のシャツのボタンを外す。

襟元を左右に開く時だけ、間が空いたが、ほんの一瞬だけだ。

「私の名を呼び、兄弟になろうとしてくれた。だから自分もそうなろうと努力した。自分の欲望には蓋《ふた》をして、いい家族になろうと」

何もない平坦《へいたん》な胸に注がれる視線。

「白いな」

とか言われると、何時だって見られて恥ずかしいものではない男の胸が、急に恥ずかしくなる。

「…そんなことないですよ。筋肉もないし、貧相な胸です」

「触れていいか？」

「それはまあ…、いいからここにいるんですし」

ぴたりと密着するように置かれる手のひら。

酒が入っているからか俺の身体は熱く、彼の手が冷たく感じる。

指先はゆっくりと動いて、胸の突起の近くで止まった。

手のひらはそこで動かず、指先だけで触れられる。

前に抱かれた時は暴力的に貪られるだけだったが、今回は何かを確認するようにゆっくりと、優しく触れてくる。

その優しさがもどかしいほど焦れったく、却《かえ》って感覚を煽《あお》った。

「私など、どうなってもいいと思うのが当然だ。母親や父のためという理由があっても、私個人は嫌うだろうと思っていた。なのに、毛布をかけてくれたり、微笑みかけてくれた」

口にする『俺を好きな理由』はまだ終わっていなかったらしく、言葉を紡ぎながら手が動く。

「最初に好きになったのは顔だった」

「顔…ですか？」

大した動きではないのに、弄られている間に息が上がる。

「ああ、利発そうで、可愛いと思って見ていた。だが一度諦めてからは、お前のいじらしさというか、優しさに魅《ひ》かれた」

他人から愛撫を受けると、呼吸が上手くコントロールできなくなるのだと、初めて知った。

時折ゾクリと走る快感につい息が止まってしまうからだ。

「こんなに人を好きになったのは生まれて初めてだ」

そして言葉も。

飾らない告白は触れられるのと同じくらい、気持ちがいい。

この人の言葉なら、どんなことでも信じられる。言わないことは多かったけれど、口にした言葉はいつも本当だったから。

手だけでは物足りなくなったのか、我慢が利かないのか、言葉を零していた唇が胸に近づく。

怯んで身体を引くと、深くベッドに埋まる。

逃れられなくなった身体に濡れた唇が押しつけられ、指に代わって舌がそこを嬲《なぶ》る。

吸い上げられ、軽く歯を当てられ、鳥肌が立った。

「と…、東秀さんは女性を抱いたことはあるんですよね？」

「ある」

「じゃあ男の身体なんか、面白くないでしょう」

「面白いから抱くんじゃない。お前だから抱きたいんだ。私で喘ぐお前の顔が見たい」

…もう何かを問うのはやめよう。

答えを聞く度にこっちが恥ずかしくなってしまうから。

「あ…」

胸を舌に譲った手が、下肢に伸びる。

薄いパンツの布越しに局部に触れられる。

撫でるように何度かその上を行き来し、こちらの反応を確認してから、ファスナーが下ろされる。

指先はすぐに下着の中へ入り込み、直接そこを握った。

「う…」

胸に触れられた時よりも冷たいと思わないのは、自分の体温が彼の指に移ったせいだろう。

愛されるために触れられる。

そう思うと、されていることは前と変わらないのに、自分の反応が全く違うのを感じた。

あの時も、身体は反応してはいた。

出したくもないのに甘い声を上げ、勃起《ぼっき》してしまった。ただ生理的に変化してゆく身体を制御しようとして、できなくて、情けないとさえ思ったものだ。

けれど今は零れ出る声の一つ一つにも意識が集中する。

あの時は、東秀さんも頭に血が上っていたと言っていた。だから俺の反応なんか気にしなかっただろう。どんな声を上げても、自分の欲望を満たすことだけに集中していただろう。

でも今は違う。

時間をかけてゆっくりと味わうつもりの優しい愛撫。

俺がどんなふうに応えるか、確認しながら触れている。

もし途中で変なことをして彼が萎《な》えてしまったら。もういいと身体を離されてしまったら、覚悟を決めて身体を差し出した自分がばかみたいだ。

だから彼が臆病《おくびょう》にならないように、自分への興味を失わないように、滑稽なほど気を遣っていた。

身じろいでも、手は離れないだろうか？

漏らす声は、少しは色っぽく響くだろうか？

もう硬くなっている自分が、淫乱《いんらん》だと思われないだろうか？

頭の中、いろんな考えがぐるぐると回り、余計焦ってしまう。

「う…」

胸から下がった顔が腹の辺りを濡らし、更にその下へ移動する。

「ま…、待って…」

「嫌か？」

「そうじゃなくて…、その…」

「咥えられるのが恥ずかしいのか？」

当たっているだけに答えられない問いかけに、顔が熱くなる。

「そこまでしなくてもいいです。そんなこと…、させられません」

「誤解するな。私はお前に奉仕してるんじゃない。自分がしたいことをしてるだけだ。嫌でないのなら続けるぞ」

「だから待って…！」

身体を起こし、行為を止めようとした自分の目に、彼の唇が自分のモノを呑《の》み込んでゆく様が見えてしまう。

開いた唇に、屹立《きつりつ》した自分のモノがすっぽりと消えてゆく。

「あ…や…っ」

視覚と感覚と、両方からの刺激が力を奪った。

見ていられなくて手で顔を覆うけれど、舌が自分を舐《ねぶ》る感覚が腰にくる。

「ん…」

じわじわと熱が上がる。

もぞもぞと蠢いている間に服ははだけて半裸に近いのに、暑い。

「あ…」

頭の中がどんどん白くなって、何も考えられなくなってくる。

パンツも下着も脱がされて下半身が露になる。

一番恥ずかしい部分を見られたくないなとは思うけれど、隠したい場所に彼の顔があるから、足を擦り寄せて隠すこともできない。

マグロじゃいけないと思うけれど、自分が何をしてやればいいのか考えつかないし、手を伸ばして届くのはせいぜい彼の髪くらいだろう。

「あ…」

指が内股を滑り中心点へ向かう。

入口を揉《も》みほぐすように襞《ひだ》を彷徨《さまよ》う。

男同士でも挿入できることは知ってるし、一度は入れられたことがあるのだけれど、その過去の経験が痛みでしかなかった身体が強ばる。

皮膚が裂けて痛むばかりだった。

終わった後の灼《や》けるような痛みと熱で、朦朧《もうろう》とした。

好きだったら、それも我慢しなくちゃならないのかな。

菅原にもっと色々聞いておけばよかった。ジョニーの体格を受け入れる彼なら、あの痛みを軽減させる方法とか知っていたかもしれないのに。

「力を抜け、というのが常套句《じょうとうく》なんだろうが、抜けるか？」

「無理…です」

「そうか」

指が中へ入る。

緊張して力を込めてしまい、肉がそれを阻む。

それでも、彼は何度か同じことを繰り返して、僅かに中へ侵入した。

性器よりはずっと細いものだから痛みはないが、強引に開かれる、覚悟しての外からの侵入は初めてな場所は奇妙な感覚を生んだ。

頼りなく力が抜けてゆくような感覚だ。

「は…ぁ…」

前を弄られているから、快感はあるけれど中にある指からは何も感じないものなんだな。

「あ…っ！」

そう思った途端、彼の指が中でクッと曲がり内壁を強く押すと、電気が走ったように甘い疼きが身体の中を走り抜ける。

指を締めつけ、彼の口の中にあるモノから雫が零れ出る感覚に慌てた。

「東秀さ…、待って…っ！　あ…っ」

同じところを何度も掻かれ、下半身だけが痺れてくる。

「感じるのか？」

口が離れても、前がじんじんする。

痛むほど張り詰めて、先が濡れる。

「もう…、イクから…、離れて…」

「どうして？」

「どうしてって…、もう…」

「これからだろう？」

「何が…、あ…っ、だからそこは…！」

言ってる間にも彼の指は中で動いていた。

目的の場所を探し当てたというように、執拗に責め続けてくる。

閉じようとした膝を彼が押さえて開かせると、無防備さにより過敏になる。

溺れるように全身が快感の中に埋もれてゆく。

何かにしがみつきたくて手を伸ばしても、届くものなどなかった。それでも力を込めないと攫《さら》われていきそうだから、ベッドの上に落とした手でシーツだけを握り締めた。

「や…」

唇を嚙み締めて耐えようと努力はしたけれど、絶頂は簡単に訪れ、腰が震える。

「ん…っ」

どくっ、と吐き出される感覚と共に鳥肌が立つほどの快感に襲われる。

耐えようとしていた分、解放感は心地よかった。それが彼の眼前でしてしまった粗相だという羞恥心《しゅうちしん》もあって、終わってからも身体の火照《ほて》りはすぐに消えはしなかった。

「界人」

喘ぐ俺の目の前に彼の顔が現れる。

顎を取られ、キスをされる。

「我慢しなくていいな？」

確認するようにそう聞いた彼は、返事を聞くことなく俺を俯伏せにさせた。

「待って…」

今放ったばかりの自分の性器がシーツに擦りつけられ、汚れてしまう。そう思って言葉だけで抵抗したが、射精後の脱力感で身体はいうことをきかない。

そうしてるうちに彼は背後から覆いかぶさり、再び背後から俺の後ろを責める。

「う…」

指はさっきよりもスムーズに中へ入り込み、俺が反応した場所を探した。

「入れるんですか…？」

「入れる」

「でも…」

あの時の痛みが蘇り力が入る。

「触れれば我慢できなくなると、最初に言ったはずだ」

けれど快感の名残を宿す身体は、逃れることができなかった。いや、力が残っていたとしても、逃げはしなかっただろう。

この人の、望むものをあげたい。

ダメだという態度を少しでも示せば、貝のように閉ざされてしまうであろう彼の気持ちを大切にしてあげたい。

受け入れれば、その後はきっと彼が俺を大切にしてくれるだろうから。

「あ…」

けれどそんな決意は必要なかった。

重なる肌。

密着する身体。

後ろを弄られてるだけでまた硬くなる自分。

的確に追い上げられ、またすぐに皮膚がささくれる。

「界人」

掠《かす》れた彼の声。

抱き締めるために回される腕。

耳元に届く吐息。

押しつけられたモノはすぐには侵入せず、入口に擦りつけられる。

指で広げてから、僅かに先を咥え込ませ、抵抗があるとすぐに止まる。喘ぐ俺の吐息に合わせて身体は近づき、締めつけると肩にキスをされた。

大切にされてる。

それが俺を昂揚《こうよう》させる。

「あ…っ、ん…」

何度かそれを繰り返し、ゆっくりと時間をかけて奥へ進んでくるそれは、前のような痛みを与えはしなかった。

彼の忍耐力が薄れ、自分の快感が強まるにつれ、ゆらゆらと身体が揺れる。

後ろだけではいけなかったから、その分長く時間がかかった。

「は…」

同じタイミングで息を吐き、同じタイミングで動きが止まる。

「…界人」

気持ちよかった。

はしたなかろうと、痛みがあろうと何だろうと、今この瞬間、とても気持ちよかった。

好きな人と抱き合うということは、こんなに満たされるものなのか。同じ手でも、気持ちが違えばこんなにも受け入れやすいものなのかと堪能した。

もう一度この人に抱いてもらってよかった。

好かれているというだけでは、この人に近づかれることに恐怖を残すままになっていたかもしれない。彼を義兄と思って慕っても、愛されていると知らなければ、いつかは彼から遠ざかる日が来たかもしれない。

「い…っ、あ…」

もう離れるなんて考えられない。

「だめ…、また…」

この人と一緒にいたい。

「界人」

これからもずっと。

こんなふうに強く抱き合いながら。

「……あ」


ジョニーを捕まえて大ゲンカをした後、元の鞘《さや》に収まった菅原は、一週間ほど日本に滞在し、先にアメリカへ戻っていった。

ジョニーの滞在期間を一年と区切り、その間時々は菅原が日本を訪れることを約束させ。

その間、俺がジョニーの相談相手兼監視役を買って出た。

菅原に、自分にも男性の恋人ができたことを伝えて。

彼はひどく驚いたが、その相手が東秀さんだと言うと、少し納得したと笑った。

「俺を威嚇した時の態度は、嫉妬に狂った男そのものだったもんな」

と、経験者らしい洞察力を発揮して。

国木田の父と、母さんは今暫く入院したままだが、国木田さんの内臓の様子を見て、自宅療養に切り替えることになるだろう。

母さんの方は打撲と骨折が主だから、先に退院することになるだろう。

そのために、まず東秀さんは自宅をバリアフリーに改築した。

年寄り扱いされるようだと国木田さんは反対したが、主導権を握る母親の一言でピシャリとその意見は撥《は》ね除《の》けられた。

「いつかは二人とも老人と呼ばれる日が来るんだから、元気なうちに綺麗さっぱりしてもらった方がいいでしょう」

どうやら国木田さんは、外では立派な人物と評されていても家では尻に敷かれるタイプらしい。

続いて東秀さんは赤木さんが来てくれている間に、新しい家政婦を雇うことにした。

これには母さんが反対した。

自分が主婦となる家に他人はいらないと。

けれどこれにはカタキをとるかのように、国木田さんが意見を通した。

「せめて怪我が完治するまでは、手伝ってくれる人間が必要だろう。通いでいいから、そうしてもらいなさい」

と、正論で対抗して。

東秀さんは丁寧に、堅実に仕事をこなし、会社の人間とも上手くやっているようだった。

時々病院の国木田さんに相談しにいっているが、どうやらこのまま『アルト』に残ることに決めたらしい。

ただし、社長の椅子は戻れば父親に返して。

「部署はどうするんですか？」

と聞くと、答えは簡単だった。

「秘書の石田が来年定年になるから、その後に入る。それまでは石田の補佐として秘書の勉強をするつもりだ」

「営業の方が向いてると思うんですけど」

「手が空けば兼任するかもしれん。秘書は初めてだが、やってやれないことはないだろう。と言うか、一人前にやれるまで勉強するさ」

極めて彼らしい答えの出し方だ。

秘書ならば命令系統から外れてるから、元社長代理の肩書で気まずくなることはないだろう。

前任者が定年ということならば、誰かを追い出してその代わりと言われることもない。

秘書は一時の役職で、いつかは彼が社長になるかもしれないし、ならないかもしれない。

でもどんな道を選んでも、きっとこの人なら全力を尽くし、立派に成し遂げてしまうだろう。

余人が羨むほど。

そして俺は…。

東秀さんとの一夜を過ごしてから、二日ほど会社を休んだ。

痛みはあっても、一日寝てれば仕事に戻れると言ったのだけれど、彼がどうしてもそれを許さなかったので、二日目はズル休みのようなものだ。

会社へは、東秀さんが連絡を入れてくれた。

両親の事故や、新しい環境で精神的なストレスが溜まっていたようだと、真面目な口調で嘘をつきながら。

お陰で、出社した時には周囲の優しさが心苦しいほどだった。

仕事は順調で、同僚とも上手くやっている。

長らく借り続けてもらっていたマンションを解約し、引っ越すことも決めた。

だが荷物の運び先は国木田の家ではない。

両親が退院してくるまでは国木田の家に住むけれど、二人が戻ってきたら別の場所へ移ることにしている。

東秀さんと一緒に、彼のマンションへ。

「母さんは反対しないと思いますけど、国木田さんは息子二人が揃って出て行くと言うと、心配しそうですね」

二人で一緒にいたい時には、今もその部屋へ泊まる。

億ションというほどではないけれど、会社が用意してくれていた俺のマンションよりは十分に広い部屋は、二人で住んでもゆとりあるほどだった。

「あれでも新婚だ。気を遣ってやったと言えばいいだろう」

その広い部屋で、ソファに座って新聞に目を落とす東秀さんの腕は、隣に座る俺の腰にあった。

まるで離したら逃げてしまうとでも思っているかのように、誰も見ていないとすぐにこうするのが彼の新しいクセだ。

「同居人が男とわかって、周囲の人間は何か言いませんかね？」

「義理とはいえ兄弟であることは事実だ、おかしいことは何もない。…お前と兄弟になるなんて最悪だと思ったが、こういう時には役に立つ肩書だ」

「…親に申し訳ないとか思ったりしませんか？」

「思ってほしいのか？」

「いえ、ただ東秀さんってそういうことを考えそうだな、と思って」

それに気づいてまた怯んだら嫌だな、と思って口にした疑問。

でも聞くんじゃなかった。

「親とは違う家庭を持つのは子供の常だ。私が自分で選んだ伴侶《はんりょ》に後悔はない」

「伴侶ですか…」

アメリカで生活して、奔放な物言いには慣れてるはずの俺の方が赤面してしまう、ストレートな彼の言葉。

本当に正直すぎるほど正直な人なんだから。

いつかは、この人の言葉にも慣れる日が来るだろう。

「一生一緒にいたいと思う相手に巡り会えたことは、私にとって最高の幸福だ。恥じることは何もない。二度と過ちを繰り返さぬよう、言葉を惜しまず愛するから、ずっと側にいてくれ」

でもその前に、嬉しくも恥ずかしいそんなセリフがクセになってしまいそうだ。

「……はい」

無骨で正直な人に愛される喜びを知って。

あとがき

皆様、初めまして。もしくは、お久しぶりでございます。火崎勇《ひざきゆう》です。

この度は『始まりはミステイク』をお手にとっていただき、ありがとうございます。

そしてイラストのかんべあきら様、素敵なイラストをありがとうございます。担当のN様、お疲れ様でした。

タイトル通り始まりから大失敗だった恋の話です。

書き上がった後、これ、逆視点バージョンで書いてもおもしろいかも、とか思ってしまいました。

ここからネタバレです。

エレベーターで一目惚れした国木田《くにきだ》は、初恋の相手が男で、すれ違っただけの人間であることにショックを感じ、相当悩んだでしょう。そして、再び麻川《あさかわ》と出会った時、こんなに自分を魅了したのは、それがこの男の作戦だったのかと誤解。

そうだ、そういう企みででもなければ、自分が男に惚れるわけがない。自分が恋をしたのも、失礼したのも、全部相手が悪いのだ、と勝手な答えを出してしまう。可愛さ余って憎さ百倍ってヤツですね。

そして真実がわかってからは、ああやっぱり悪いのは自分だ。こんなに誠実な彼を疑うなんて、と苦悩。一人芝居です。

傍から見てるとおもしろいだろうなぁ。

でもまあ収まるところに収まってよかったってことですね。

これからは、きっと麻川の尻に敷かれて、幸せな恋人となるでしょう。無骨なだけに、恋人に何をしてあげたらいいかわからない、というのが彼の悩みですが。麻川がちゃんとして欲しいことを口に出せるタイプなので、二人の将来は安泰です。

親は慌てるかもしれないけど、大丈夫、きっと二人の弟か妹が何とかしてくれるでしょう。

それではそろそろ時間となりました。またいつかどこかで御会い出来ることを楽しみに、今回はこれにて…。

CROSS NOVELSをお買い上げいただき
ありがとうございます。
この本を読んだご意見・ご感想をお寄せください。

〒110-8625
東京都台東区東上野4-8-1　笠倉出版社
CROSS NOVELS 編集部
「火崎　勇先生」係／「かんべあきら先生」係

CROSS NOVELS

始まりはミステイク

著者
火崎　勇

2007年8月24日　初版発行　検印廃止

発行者　笠倉伸夫
発行所　株式会社　笠倉出版社
〒110-8625　東京都台東区東上野4-8-1　笠倉ビル
[営業]TEL　03-3847-1155
FAX　03-3847-1154
[編集]TEL　03-5828-1234
FAX　03-5828-8666
http://www.kasakura.co.jp/
振替口座　00130-9-75686
印刷　株式会社　光邦
装丁　Do planning.co
ISBN　978-4-7730-0374-1
Printed in japan